Doce Tóquio

Doce Tóquio

Durian Sukegawa

Tradução
Sandra Keika

MORROBRANCO
EDITORA

Doce Tóquio

MORRO BRANCO é uma editora do Grupo Editorial Alta Books (Starlin Alta Editora e Consultoria Ltda.)

ISBN: 978-65-6099-052-4

Translated from original あん.

AN

Impresso no Brasil – 1ª Edição, 2025 – Edição revisada conforme o Acordo Ortográfico da Língua Portuguesa de 2009.

Dados Internacionais de Catalogação na Publicação (CIP)
(BENITEZ Catalogação Ass. Editorial, MS, Brasil)

S948d
1.ed. Sukegawa, Durian
Doce Tóquio / Durian Sukegawa ; tradução Sandra Keika. – 1.ed. – Rio de Janeiro : Morro Branco, 2025.
224 p.; 13,5 x 21 cm.

Título original: あん
ISBN 978-65-6099-052-4

1. Ficção japonesa. I. Keika, Sandra. II. Título.

05-2025/230 CDD 895.635

Índice para catálogo sistemático:
1. Ficção : Literatura japonesa 895.635
Aline Graziele Benitez – Bibliotecária – CRB-1/3129

Produção Editorial: Grupo Editorial Alta Books
Diretor Editorial: Anderson Vieira
Vendas Governamentais: Cristiane Mutüs
Gerência Comercial: Claudio Lima

Coordenadora Editorial: Illysabelle Trajano
Produtora Editorial: Luana Maura
Tradução: Sandra Keika
Copidesque: Mariana Naime
Revisão: Ana Omuro
Leitura Crítica: Michelle Morikawa
Diagramação: Rita Motta

ALTA BOOKS
GRUPO EDITORIAL

Rua Viúva Cláudio, 291 – Bairro Industrial do Jacaré
CEP: 20.970-031 – Rio de Janeiro (RJ)
Tels.: (21) 3278-8069 / 3278-8419
www.altabooks.com.br – altabooks@altabooks.com.br
Ouvidoria: ouvidoria@altabooks.com.br

Editora
afiliada à:
abdr
ASSOCIADO CBL Câmara Brasileira do Livro

Doce Tóquio

1

DORAHARU, A LOJA DE *dorayaki*.[1]

Sentaro passa o dia todo de frente para a chapa de ferro quente em sua confeitaria, localizada em um distrito comercial na rua das Cerejeiras. Para chegar lá, é necessário passar por um caminho rente a uma via férrea e, depois, por um beco. É uma rua onde as lojas fechadas parecem chamar mais a atenção do que as cerejeiras plantadas de forma dispersa. Mesmo assim, durante esta estação do ano, parece que a quantidade de pessoas que passam por ali aumenta, atraídas pelas flores.

Sentaro levanta os olhos e nota uma senhora com um chapéu branco parada no meio da rua, mas logo volta o olhar para a tigela em que sova a massa. Na frente da loja, há uma cerejeira cheia de flores, que se move como uma pequena nuvem, então ele pensa que a senhora está observando as flores. Porém, quando Sentaro levanta a cabeça novamente, nota que a mulher ainda está lá. E parece que ela está olhando para Sentaro, e não para as

---

1 Doce tradicional japonês, que consiste em duas pequenas panquecas com recheio de pasta de feijão doce. [N.T.]

flores. Por reflexo, Sentaro faz uma leve reverência com a cabeça. Então, a mulher se aproxima bem devagar com um sorriso um pouco rígido.

Sentaro se lembra dela. É uma cliente que esteve lá há alguns dias.

— Isto aqui. — A mulher gentilmente aponta o dedo torto, como um gancho, para o papel colado na janela de vidro, notificando que há vagas abertas na loja. — É verdade que a idade não importa?

Sentaro para de mover a mão que segura uma espátula de borracha.

— Quer indicar alguém, talvez um neto seu?

A mulher não responde e pisca várias vezes com um dos olhos.

Uma leve brisa, as flores de cerejeira se movem e as pétalas passam pela janela de vidro e caem sobre a chapa de ferro.

— Sabe... — A mulher se inclina para a frente. — Será que não poderia ser eu?

— O quê? — pergunta Sentaro.

Ela aponta o dedo para si mesma.

— Sempre quis ter um trabalho assim.

Sentaro solta uma risada antes de pensar que isso seria indelicado.

— Quantos anos a senhora tem?

— 76 anos.

Como respondê-la sem magoar? Sentaro procura pelas palavras certas enquanto balança a espátula para cima e para baixo.

— Olha... eu pago pouco. O valor por hora é de seiscentos ienes.

— Hã? O que disse? — diz a mulher, colocando a mão em concha em volta da orelha.

Sentaro se curva, a mesma posição em que fica quando entrega *dorayaki* para crianças e pessoas de idade.

— O valor por hora é bem baixo. Preciso, sim, de ajuda, mas não sei se é o caso de uma pessoa já de idade, sabe...

— Ah, entendi. — Ela passa o dedo torto por cima das letras do anúncio. — Você pode me pagar a metade do valor por hora. Trezentos ienes.

— Trezentos ienes?

— Sim

Ela sorri com os olhos por debaixo do chapéu.

— Ah, mas... eu realmente acho inviável. Me desculpe. Por favor, me perdoe por isso.

— Me chamo Tokue Yoshii.

— O quê? — Ele não sabe se ela não ouve direito, mas parece que esta senhora se confundiu com algo. Sentaro balança a cabeça. — Me desculpe.

— Ah, entendi.

Tokue Yoshii fica olhando fixamente para o rosto de Sentaro. Os olhos da mulher são de formatos diferentes.

— É um trabalho braçal, então, não acho que...

Tokue abre a boca como se fosse respirar fundo e, de repente, aponta para algo atrás dela.

— Quem plantou esta cerejeira?

— O quê?

— Esta cerejeira — diz Tokue, ainda com a cabeça voltada para a árvore.

Sentaro olha para o amontoado de flores.

— Como assim, quem?

— Alguém a plantou, não?

— Me desculpe, eu não cresci aqui, então, não sei.

— Voltarei novamente — diz Tokue, parecendo querer dizer algo mais.

Ao ver Sentaro segurar novamente a espátula, ela se afasta da janela de vidro e vai na direção oposta da estação de trem. Seu andar é desajeitado, como se as articulações estivessem rígidas. Ele desvia o olhar da mulher e volta a sovar a massa.

2

NÃO HÁ DIA DE folga no Doraharu. A confeitaria abre todos os dias pontualmente às onze horas da manhã. Sentaro coloca a roupa de cozinheiro cerca de duas horas antes e, logo depois, inicia o preparo do *dorayaki*. Ele está bem atrasado, já que, normalmente, não é possível preparar tudo em tão pouco tempo. Mas esse era o jeito de trabalhar no Doraharu.

Hoje, como sempre, Sentaro toma café enlatado para despertar e sai empurrando com os pés até a cozinha a caixa de papelão que recebeu. Retira o pote de plástico que contém a pasta de feijão doce e a mistura com o que havia sobrado do dia anterior.

Não que isso seja ilegal, mas uma confeitaria decente jamais faria algo do tipo. Se congelada, a pasta de feijão doce pode ser conservada, e, desde que armazenada por um curto período, o aroma e a qualidade não sofrem grandes alterações. Era exatamente com isso que esta loja contava.

A pasta de feijão doce utilizada no Doraharu é aquela pronta para consumo, a mesma utilizada pelo chefe anterior. Um fornecedor parceiro traz cinco quilos de feijão da China de tempos em tempos.

A confeitaria não corre o risco de fechar, mas nunca chega a encher de clientes; assim era o Doraharu. Um galão de pasta de feijão doce dificilmente acaba em um dia. Sempre sobra. A pasta congelada é adicionada ao que restou de um, dois ou até três dias antes.

Após misturar a pasta nova com a velha, Sentaro começa a preparar a massa. Até há empresas que a fornecem, mas é muito cara, então ele mesmo a prepara. Junta os ingredientes da massa e sova na tigela. Acende o fogo da *hiranabe*.[1] Coloca a massa com a colher de *dorayaki*, assa e alinha as panquecas em um pote térmico. Assim que finaliza essa parte, já está na hora de abrir a confeitaria. Mas nem por isso ele se anima ou muda a expressão no rosto.

À TARDE, SENTARO SE senta na cadeira da cozinha e come a marmita que comprou na loja de conveniência. Do outro lado da janela de vidro, avista um chapéu branco.

— Senhora...

Como ela sorria, Sentaro não vê outra opção senão se levantar.

— Yoshii-san, certo?

— Sim — responde o rosto cheio de rugas embaixo do chapéu branco.

— Posso ajudar com alguma coisa?

---

1 Frigideira, chapa de ferro. [N.T.]

Tokue tira da sacola um pedaço de papel com algo escrito em caneta azul. É uma letra peculiar, com traços arredondados e desconexos.

— É assim que se escreve meu nome em *kanji*.[2]

— Ah — diz Sentaro após olhar rapidamente o papel e entregá-lo de volta. — Me desculpe, não vai dar para a senhora trabalhar aqui.

Tokue estica o braço para pegar o papel com os dedos tortos, mas puxa a mão de volta, parecendo mudar de ideia.

— Como pode ver... tenho problema nos dedos. E, por isso, pode me pagar menos ainda. Pode ser duzentos ienes.

— O quê?

— O valor por hora.

— Mas, então...

Sentaro repete que não pode contratá-la. E, como da outra vez, Tokue apenas olha fixamente para o rosto dele. O homem dá um passo para trás e pega um *dorayaki* no pote. Depois, embrulha-o e o entrega à senhora na esperança de que ela vá embora.

Mas parece que ela percebe a intenção dele, então lhe pergunta:

— É você que faz a pasta de feijão doce também?

— Ah... bom, isso é um segredo corporativo.

Depois de responder dessa forma, Sentaro sente o pomo de Adão se movendo. Ele vira para trás com receio.

---

2 O *kanji* é um dos alfabetos japoneses, de origem chinesa. É formado por caracteres que representam ideias ou conceitos e podem ter interpretações diferentes. [N.T.]

Na mesa de preparo, o pote se encontra ao lado da marmita da loja de conveniência. Para piorar, a tampa está aberta e há uma colher à vista. Sentaro move o corpo para tentar esconder dela a mesa de preparo.

— Outro dia comi o seu *dorayaki* e achei que a massa estava boa. Já a pasta de feijão doce...

— A pasta?

— Sim. Não consegui perceber o sentimento da pessoa que fez a pasta de feijão doce.

— O sentimento? Que estranho.

Mesmo sabendo que isso não era possível, Sentaro faz cara de chateado, como se alguém tivesse falado algo que o incomodou.

— Estava meio pegajosa.

— É difícil fazer a pasta de feijão doce. Senho... Yoshii-san, a senhora já fez pasta de feijão doce alguma vez?

— Sempre fiz. Faço há cinquenta anos.

Sentaro quase derruba o *dorayaki* que está tentando colocar no saco de papel.

— Cinquenta anos?

— Sim, meio século. A pasta é sobre sentimento, meu jovem.

— Ah... sentimento.

De repente, Sentaro sente uma leve brisa enquanto entrega a embalagem de *dorayaki* para Tokue.

— Mas... mesmo assim, não posso contratá-la. Me desculpe.

— É?

— Sinto muito.

Ela o observa novamente com seus olhos de formatos diferentes e, logo depois, pega a carteira de pano da bolsa.

— Não precisa me pagar.

— Mas por quê?

Tokue começa a colocar moedas no peitoral da janela de vidro. Todos os seus dedos parecem levemente tortos. O dedão está curvado em direção ao dorso da mão.

— São 140 ienes, certo? — Como a mulher pega as moedas com os dedos tortos, demora um certo tempo até juntar uma moeda de cem ienes e quatro moedas de dez ienes. — Sabe, meu jovem...

— Oi?

— Coma um pouco disso.

Ela tira um pote redondo da bolsa. Ele estava embrulhado por um saco plástico, mas o conteúdo escuro do pote chama a atenção de Sentaro.

— O que é isso?

Tokue vai se afastando da loja enquanto ele segura o pote.

— O que é isso? É pasta de feijão doce?

A senhora, que já havia se distanciado, vira o corpo e acena com a cabeça, confirmando, e desaparece de vista assim que vira a esquina.

3

NESTA NOITE, SENTARO TOMA saquê no restaurante de *soba*[1] que fica em frente à estação de trem. Ele come o *kakesoba*[2] enquanto saboreia um tempurá como aperitivo e toma saquê morno, depois come o *soba* e bebe novamente. Enquanto faz isso, pensa nas coisas que aconteceram durante o dia.

Depois que Tokue foi embora, Sentaro jogou fora o pote de plástico. Não é que seja um homem impiedoso, mas não teve nenhuma vontade de abrir aquilo. Só que, toda vez que abria a tampa do lixo, via o pote. Depois de um tempo, ele o tirou do lixo. Sentiu que fazer isso seria uma atitude decente em relação a uma pessoa de idade. Porém, depois de experimentar apenas um bocado, as sobrancelhas de Sentaro se ergueram.

— Hum?

---

1 *Soba* é um tipo de macarrão japonês, feito com farinha de trigo sarraceno e servido com uma sopa. Pode vir com acompanhamentos sobre o macarrão. A sopa é feita misturando-se caldo de peixe, *shoyu*, açúcar e *mirin* (condimento muito utilizado na culinária japonesa, similar a um vinho de arroz, com baixo teor alcoólico). [N.T.]

2 *Kakesoba* é um *soba* servido sem nenhum acompanhamento. [N.T.]

A pasta de Tokue era completamente diferente da que vinha no galão. O aroma e a doçura eram muito mais intensos e se espalhavam pela boca.

— Cinquenta anos...

Ele encosta o copo de saquê nos lábios enquanto relembra o sabor que o deixou perplexo e que foi muito além de suas expectativas.

— Desde antes de eu nascer.

Sentaro olha para o cardápio colado na parede, escrito à mão pelo dono do restaurante. Letras escritas com pincel sempre o faziam se lembrar de sua mãe.

— Aquela senhora... acho que ela tem a mesma idade que minha mãe teria hoje.

A imagem de uma pessoa de costas, pequena e curvada, escrevendo cartas usando o pincel com grande habilidade sobre uma pequena mesa baixa vem à mente de Sentaro.

Se fosse outro dia, deixaria esses pensamentos de lado. Sempre se forçava a não pensar na mãe, que falecera fazia tempo, e no pai, que não via fazia dez anos. Mas, nesta noite, não consegue fazer isso. A imagem da mãe corrigindo sua escrita quando ele era pequeno não para de aparecer em sua mente.

— Que coisa...

Sentaro solta um suspiro com cheiro de álcool.

Sempre acreditou que as coisas não eram previsíveis. Queria ter se tornado um escritor, mas acabou seguindo outro caminho.

No dia em que se livrou das paredes de concreto que o confinavam, sua mãe já não estava neste mundo. Há muito tempo ele vive um cotidiano que jamais imaginaria ter anos atrás. Agora passa o dia na frente de uma chapa de ferro fazendo *dorayaki*.

Sentaro coloca mais saquê no copo. Toma-o para sentir sua sequidão, como se quisesse lembrar que não é mais jovem.

A lembrança de sua mãe.

Ela era uma pessoa de palavras calmas, mas que não escondia as inseguranças. Tinha um lado que confrontava o marido de forma espalhafatosa e discutia com familiares, chorando e gritando. Essa transformação deixava o pequeno Sentaro com medo. Por isso, sentia paz quando havia *manju*[3] e bolos, o que deixava a mãe de bom humor, já que ela adorava doces. Desejava que sempre houvesse guloseimas em cima da mesa. Gostava quando a mãe lhe dizia, com um sorriso no rosto:

— Que delícia, Sen-chan.[4]

Ele pensa de novo na pasta de feijão doce de ótima qualidade de Tokue. Se sua mãe estivesse viva e pudesse experimentá-la, qual seria a expressão em seu rosto? O que ela diria?

Esse pensamento o faz cogitar que talvez mais pessoas gostem da pasta. Além disso, ela lhe custaria apenas

---

3 *Manju* é um doce tradicional japonês que consiste em uma massa cozida no vapor. É recheado com pasta de feijão doce. [N.T.]

4 O termo honorífico *chan* é normalmente utilizado para meninas, mas pode ser empregado para meninos mais jovens. Ele expressa carinho e proximidade com a criança. [N.T.]

duzentos ienes por hora. Será que era verdade? Se ela aceitasse isso, ele lhe pediria para ajudar um pouco.

Sentaro considera a possibilidade.

Ele não colou o papel na frente da loja com a vaga de emprego porque estava sobrecarregado. É que não dava muito para ter uma conversa com os *dorayaki*. Na verdade, Sentaro queria alguém para ficar lá com ele.

Será que aquela senhora realmente aceitaria receber duzentos ienes?

Ele começou a fazer contas usando um *soroban*,[5] bêbado. Se for mesmo esse valor sugerido por Tokue, sairia praticamente de graça. Além disso, ainda tinha aquela pasta de feijão. Talvez consiga vender mais. E, se conseguir, pode aumentar o valor mensal que devolvia da sua dívida. Daria para se libertar desse fardo antes.

Mas... Sentaro segura um pouco o saquê. Aqueles dedos tortos dela o deixam intrigado. A imagem da mão de Tokue fica aparecendo em sua mente. Talvez isso afaste os clientes se eles perceberem.

E, então, uma ideia surge de repente. Se for isso, é só pedir para ela fazer a pasta de feijão. *É isso*, pensa, balançando a cabeça. Vou pedir para ela fazer o quanto conseguir da pasta. Nesse meio tempo, talvez consiga roubar os seus conhecimentos na produção do doce. Ela já está com uma idade avançada, de um jeito ou outro, vai se cansar e parar com isso em algum momento.

---

5 Ábaco japonês. [N.T.]

— É só ela não atender os clientes — sussurra Sentaro, de forma indiscreta.

O dono do restaurante, que estava conversando com um cliente de outra mesa, se vira em sua direção e encara o outro com um olhar de desconfiança. Sentaro estica o pescoço, levanta a garrafa de saquê[6] e diz:

— Saquê, por favor.

---

[6] O saquê pode ser servido diretamente de garrafas de vidro ou de jarras chamadas *choshi*, que também são conhecidas como *tokkuri*. O uso desse utensílio é muito comum nos *izakaya*, bares tradicionais japoneses. Cada jarra contém uma dose padrão de 180 mL. [N.T.]

4

PASSAM-SE ALGUNS DIAS. SENTARO levanta o olhar da chapa de ferro e vê que a senhora do chapéu branco está novamente sob a cerejeira, sorrindo para ele.

— Boa tarde — cumprimenta Sentaro.

Tokue sorri, mostrando os dentes por debaixo do chapéu. Ela vem cambaleando, com as pernas desajeitadas.

— Todas as flores caíram.

— É verdade.

Sentaro também olha para as flores de cerejeira.

— Agora é uma boa hora para *ohami*.[1]

— *Ohami*?

— É a época em que as folhas ficam mais bonitas. Olhe aquela parte.

Ele observa onde Tokue apontou. Grandes folhas novas contornam a copa da árvore.

— Elas estão acenando para nós.

---

1 Ato de observar o surgimento de novos brotos de folhas após as flores da cerejeira caírem. O termo também se refere à observação de insetos que são atraídos por esses brotos. [N.T.]

Depois que ela diz isso, o homem pensa que as folhas parecem mesmo estar fazendo aquilo. A sobreposição da folhagem lembra mãos de crianças.

— Yoshii-san — diz Sentaro, concordando com a cabeça e voltando-se para Tokue.

— Sim.

— A pasta de feijão doce que me deu estava deliciosa.

— Ah, você comeu?

— Gostaria de saber se poderia vir me ajudar.

Ela estica o pescoço, visivelmente confusa.

— Me desculpe?

— A senhora não poderia fazer a pasta aqui?

— Sim. Mas, tudo bem mesmo?

Ela entreabre a boca e olha para Sentaro.

— Mas seria só para fazer a pasta. Não precisa atender os clientes.

— Tem certeza?

Como ela continua olhando-o fixamente e se faz um silêncio constrangedor, Sentaro a chama com as mãos e lhe pede para se aproximar do assento no balcão. A senhora se senta e tira o chapéu, revelando uma cabeça com cabelos brancos e ralos.

— Consegue carregar as panelas para cima e para baixo? É bem pesado. Precisa de força física para fazer pasta de feijão doce.

— Você pode carregar as panelas, meu jovem.

Ah, entendi, pensa Sentaro, deixando para lá e fitando a mão de Tokue. Os dedos estão entrelaçados de tal forma que não é possível ver suas curvas.

— Consegue segurar uma espátula de madeira?

— Sim.

— Me desculpe por perguntar isso, mas o que aconteceu com as suas mãos?

— Ah, isso aqui?

Aos olhos de Sentaro, parecia que ela estava fazendo força nas mãos entrelaçadas.

— Quando eu era jovem, fiquei doente e essa foi a sequela da doença. Acho que não vai atrapalhar, mas é estranho de se ver, não é?

— Por conta disso, a senhora pode só fazer a pasta de feijão doce.

— Então, eu realmente vou poder trabalhar?

Tokue levanta o rosto e dá um sorriso, tensionando a bochecha direita. Isso faz Sentaro pensar que parece que ela está escondendo uma tábua por debaixo da pele. Talvez seja por isso que os olhos dela parecem diferentes um do outro.

— E... qual é o seu nome, meu jovem? — Desta vez, é Sentaro quem recebe a pergunta.

— Me chamo Sentaro Tsujii.

— Sentaro Tsujii? Que nome bonito. Parece nome de artista.

— Não, imagina. Eu não sou...

A pedido de Tokue, ele escreve o próprio nome em um bloco de notas.

— E como eu devo chamá-lo... Tsujii-san? Ou senhor gerente?

— Tanto faz.

— Bom, se é assim... senhor gerente. É o senhor que faz a pasta de feijão doce da confeitaria?

— Bom... sim. — Sentaro fica sem saber o que dizer, com algo preso na garganta, como se ela estivesse segurando seu pescoço. — Bom, para ser bem sincero... Quando eu faço, não fica muito bom. Tem vezes que fica com cheiro de queimado.

— Ah, sim — diz Tokue, olhando para as panelas e para o fogão, como se soubesse o motivo disso acontecer.

Sentaro fica de frente para ela, como se estivesse tentando desviar o olhar da senhora, e lhe serve um chá.

— A senhora fez isso por cinquenta anos onde? Em uma confeitaria tradicional?

— É que... bom.

— Em sua casa?

Ele, na verdade, pouco se importa com isso. Também não se importa se o nome da senhora é Yoshii-san ou Yoshida-san. Só quer que ela faça uma pasta de feijão doce de boa qualidade. Se as vendas aumentarem, conseguirá devolver o dinheiro mais rápido.

Isso era a única coisa em que Sentaro pensava. Por isso, não queria lhe contar nada sobre sua história. Mas Tokue também não era muito direta.

— Eu também passei por muita coisa... mas, se eu for contar tudo, vai levar um bom tempo — diz a mulher.

— Ah, sim, imagino.

— E o senhor é o dono daqui?

— Não, está mais para a continuação de um trabalho de meio período.

— Tem outra pessoa? Outro dono?

— Um chefe anterior criou este lugar, mas hoje sua esposa é a dona.

— Ah, então, não é um cargo com muita responsabilidade.

— Não foi bem isso que eu quis dizer.

— Vou precisar me apresentar para essa senhora?

— É que ela está doente e só vem uma vez por semana, quando vem. Quem sabe, um dia.

Sentaro pode ver que a expressão no rosto de Tokue fica mais tranquila, como se ela tivesse ficado aliviada.

— E esse chefe?

— Ele faleceu.

— Ah, entendi.

Tokue fica sem o que dizer, e Sentaro lhe entrega um bloco de notas e uma caneta.

— Olha, senho... Por favor, escreva seu nome completo e seu endereço aqui.

Tokue fica olhando para o bloco de notas e fica paralisada.

— É que meus dedos... — diz, hesitante.

Mas já vai ser assim?, pensa Sentaro, tentando fingir não ver. Tokue, então, pega a caneta e risca traço por traço com cuidado. A letra é a mesma daquela escrita com tinta azul do outro dia, com uma caligrafia peculiar. Demora um tempo até ela terminar.

— E o seu telefone? Não tem celular?

— É que eu não tenho telefone. Para mim, cartas bastam.

— Não foi isso que eu quis dizer...

— Não se preocupe, eu não me atraso. Acordo antes dos pássaros.

— Mas não é essa a questão...

No bloco de notas, há o nome de uma cidade que fica quase no extremo da província. As letras foram escritas com tanta força que poderiam deixar marcas em muitas páginas. Sentaro fica intrigado com o endereço, mas não sabe o motivo.

5

O PONTEIRO DOS SEGUNDOS MARCA a passagem do tempo.

Sentaro coloca as mãos para fora do cobertor e observa o teto escuro. Havia tomado uísque antes de se deitar, mas não conseguiu pegar no sono.

Ele vira a cabeça e pega o despertador perto do travesseiro para checar se o botão de alarme está ligado. O trabalho temporário de Tokue começa logo cedo pela manhã, e o combinado é ela ir uma vez a cada dois dias para fazer a pasta de feijão doce. Como ele não podia se atrasar, se deitou bem mais cedo do que o normal.

Mas quem era aquela senhora, afinal?

Mesmo sabendo que ela só vai fazer a pasta de feijão doce, Sentaro ainda está preocupado por alguma razão. Não sabia se era por conta da baixa audição de Tokue, mas de vez em quando ela dizia coisas que não faziam sentido. Só que isso não parecia ser algo dela. A mulher sorria de forma graciosa, porém, às vezes era possível ver um brilho forte no fundo de seu olhar. Sem contar que ela o observava como se o estivesse desafiando.

Após pedir para que ela escrevesse seu endereço, Sentaro explicou para Tokue o funcionamento da confeitaria. Contou para ela que sempre usava a pasta pronta para consumo, e que a preparação era feita duas horas antes de abrir a confeitaria.

— Mas por quê? — perguntou Tokue, com a voz mais alta. — Se você quer usar pasta fresca, tem que começar a prepará-la antes do sol nascer.

— Mas eles trazem a pasta para mim com apenas uma ligação.

— O que está dizendo? A pasta é a alma do *dorayaki*, senhor gerente.

— Ah... sim. Por isso quero que a senhora trabalhe aqui.

— Se o senhor fosse cliente, enfrentaria uma fila para comer o *dorayaki* desta confeitaria?

— Ah... não.

Sentaro ouviu ela dizer tudo aquilo sem pausa e com firmeza. Apesar de ser chamado de senhor gerente, na maior parte das vezes, não conseguia rebater. No final, ele acabou por seguir as instruções de Tokue. O preparo começaria às seis da manhã. Nessa hora, Sentaro entraria na cozinha e começaria a cozinhar o feijão. Ela pegaria o primeiro ônibus do dia e se juntaria a ele.

Sentaro dá um longo suspiro olhando para o teto, pensando que agora as coisas ficariam mais difíceis. Este ano ele completaria quatro anos de trabalho ininterrupto no Doraharu. Mas nunca havia começado a trabalhar tão cedo.

Ele começa a pensar no motivo de ter acolhido aquela senhora e na possibilidade de ter sido uma decisão errada. E a mulher, diferente da primeira impressão, falava demais.

— Que saco...

Sentaro nem começou a trabalhar com ela e já está aborrecido.

Havia mais um motivo para esse suspiro. Como informar isso à proprietária? Essa era a questão.

Depois do falecimento do dono, a esposa dele ficou doente novamente. Quando ela vinha à confeitaria para checar o livro de contas, estava sempre com a cara fechada. A mulher nem comia o *dorayaki*, pois dizia que tinha muito açúcar. Ela sempre foi muito sensível, então se preocupava demais com a limpeza. Sentaro havia levado muitas broncas por conta de sua higienização.

Um dia, ele contratou um estudante e, como a senhora não havia sido consultada previamente, fazia comentários cínicos sobre ele. Para piorar as coisas, o rapaz foi flagrado fumando atrás da confeitaria. Como era de se esperar, a primeira coisa que a senhora fez foi ligar para ele, gritando, e perguntar o que ele faria se a confeitaria ficasse com cheiro de cigarro. E, para arrematar, ela lhe disse:

— Quero acompanhar quando for contratar alguém temporariamente.

Sentaro se vira na cama e toma a decisão de ficar quieto sobre Tokue por enquanto. Afinal, ele nem tinha certeza de que a senhora poderia fazer tudo aquilo com a mão torta.

Ele estala os lábios enquanto observa o teto. Desta vez, surge em sua mente a imagem das estudantes do ensino fundamental e médio se reunindo na confeitaria. Elas vêm em grupos e fazem bagunça enquanto disputam as cinco cadeiras que ficam no balcão. Além disso, fazem sujeira ao comer. No outro dia, teve uma que reclamou que uma pétala da flor de cerejeira havia entrado na massa do *dorayaki*. A maior parte dos clientes levava para viagem, então a janela de vidro vivia aberta. Na época da floração das cerejeiras, as pétalas acabavam entrando por ali. Às vezes, entravam na massa enquanto estava assando. Nesse dia, Sentaro pediu desculpas e deu outro *dorayaki* à garota. Mas aí, as garotas não se contiveram. Começaram a provocar, dizendo em tom de desdém que tinham encontrado pétalas em seus *dorayaki* também, como se quisessem tirar sarro dos adultos. Algumas até registraram a cena com o celular, afirmando que podiam comer *dorayaki* à vontade lá.

Como elas reagiriam ao ver os dedos da senhora? Ou melhor, como a senhora reagiria àquela atitude caótica delas?

Sentaro pensa que vai ter muito trabalho e não consegue parar de se mexer na cama.

— Qual é o problema... de ter pétalas dentro...? Esse pessoal também, vou te falar...

Ele dá um soco na parte inflada do cobertor e põe novamente a mão no despertador.

6

NA MANHÃ SEGUINTE, SENTARO se atrasa um pouco. Tokue já está embaixo da cerejeira. Ele pede desculpas, e, apontando o topo de árvore, a senhora diz:

— Há pequenos brotos crescendo.

— Já tinha ônibus neste horário? — pergunta o homem, já que ele tinha certeza de que os ônibus não passavam àquela hora da manhã.

— Não se preocupe com isso.

Tokue anda em direção à porta dos fundos da confeitaria, então a resposta fica meio vaga.

Dentro da cozinha, ele nota que o *azuki*,[1] que estava de molho desde a noite anterior numa tigela, está inchado. Cada grão brilha, e isso muda o ambiente ao redor da mesa da cozinha. Sentaro sente que aquilo não é apenas um alimento, mas um grupo de seres.

— Está bom — diz Tokue enquanto aproxima o rosto da tigela.

---

1 *Azuki* é um tipo de feijão utilizado na culinária japonesa. Tem uma cor avermelhada e é muito utilizado em doces. [N.T.]

Este *azuki* não é conhecido por sua origem, como o produzido na região de Obihiro[2] ou em Tamba.[3] Por conta do gasto médio dos clientes, não é possível usar feijões de marcas nacionais, que são mais caros. Já que é assim, Tokue decide usar marcas não tão conhecidas. Apesar da preguiça, Sentaro faz um pedido ao seu fornecedor para que importe esses feijões do Canadá.

Para decidir a quantidade de *azuki* a ser pedido, Sentaro fez cálculos e estimou que poderiam usar dois quilos de feijões crus por leva de pasta. Depois de ficar de molho por uma noite, o peso dobraria e se tornaria quatro quilos. Depois de cozinhá-lo, o próximo passo do processo seria acrescentar o xarope de açúcar granulado, cuja quantidade era de setenta por cento do peso total do *azuki*. Assim, o peso total dos feijões ficaria em torno de sete quilos. Fazendo uma estimativa, cada *dorayaki* levaria vinte gramas de pasta de feijão, então com essa quantidade de pasta daria para fazer de 330 a 340 *dorayaki*. Porém, como não conseguia zerar os cinco quilos que comprava em apenas um dia, essa quantidade nova com certeza seria consumida por vários dias.

— Antes de cozinhar... — Tokue sussurra, enquanto olha cada grão do *azuki*. — Senhor gerente, o senhor viu direitinho antes de colocar de molho?

---

2 Uma das principais cidades da província de Hokkaido, no norte do Japão. [N.T.]

3 Antiga província japonesa localizada em partes das atuais províncias de Quioto, Hyogo e Osaka. [N.T.]

— Vi o quê?

— O *azuki*.

Ele nega, balançando a cabeça.

— É que alguns grãos não estão bons.

Tokue começa a pegar o *azuki* com os dedos tortos. Retira alguns, coloca-os na palma da mão e mostra para Sentaro. Alguns ainda têm restos da casca e outros já estão se desmanchando.

— Os grãos importados podem ter sido mal selecionados, então, vamos tomar cuidado, senhor gerente.

Essa atitude em relação ao *azuki* não era algo que ele estava acostumado a ver. Tokue aproxima o rosto do feijão, ficando bem perto dele, como se estivesse enviando pensamentos para cada grão. Mesmo colocando o *azuki* no fogão, ela continua do mesmo jeito.

Em confeitarias tradicionais, a panela de bronze utilizada para preparar a pasta de feijão doce é chamada de *sawari*. Sentaro já fez a pasta algumas vezes e, nessas ocasiões, ele deixava o *azuki* cozinhar no *sawari* até ficar macio. Tokue fazia de forma diferente, era um método que ele nunca tinha visto.

Primeiramente, ela acrescenta mais água pouco antes de ferver. Repete isso várias vezes, peneirando os grãos e trocando a água do cozimento. Então, coloca o *azuki* de volta no *sawari*, de molho na água morna. Tokue explica que esse processo é chamado de *shibukiri* e que ele remove a acidez e o gosto amargo. Ela cozinha os grãos lentamente em fogo baixo, mexendo-os com a espátula de madeira para que não quebrem. Durante todo o processo, a mulher está sempre com o rosto próximo dos feijões, a ponto de o vapor cobrir seu rosto. O que será que ela está observando? Será que há alguma mudança acontecendo com o *azuki*? Sentaro também dá um passo para a frente e olha o feijão envolto em vapor. Mas ele não consegue enxergar nenhuma mudança significante.

Tokue observa o *azuki* enquanto segura a espátula de madeira com a mão lesionada. Ele dá uma espiada na lateral do rosto de Tokue. *Se for para continuar com ela, será que vai exigir essa dedicação toda?* Só de pensar nisso, Sentaro fica desanimado.

Mas, mesmo sem entender o motivo, o homem passa a observar o *azuki* dentro do *sawari*. Os feijões se mexem enquanto são cobertos pela água do cozimento. Não há um grão deformado sequer.

Quando resta apenas um pouco da água, Tokue desliga o fogo e coloca uma tábua de cortar sobre o *sawari*. É assim que ela cozinha a vapor. Essas etapas Sentaro não conhece.

— É bem trabalhoso — diz Sentaro.

— Isso é *omotenashi*[4] — responde Tokue.

— Para o cliente?

— Não, para o feijão.

— Feijão?

— Afinal, ele veio lá do Canadá.

---

[4] Expressão que se refere à hospitalidade e ao oferecimento de serviços aos clientes com atenção plena. [N.T.]

Tokue então tira a tábua de cima, observando com cuidado o *azuki* e colocando água fria no *sawari*. Ela diz que esse é o processo de enxágue. Coloca água no *azuki* várias vezes e depois a descarta, até que a água fique transparente. A mulher esfrega os feijões suavemente com os dedos, e, para Sentaro, parece que ela está procurando ouro na areia.

— Nunca houve alguém tão dedicado aqui na confeitaria.

— Se fizer de qualquer jeito, todo o trabalho que tivemos será desperdiçado.

Não há nada que Sentaro possa fazer além de olhar e ficar de braços cruzados.

— Mas... eu estava um pouco curioso... O que a senhora está procurando?

— O quê?

— O que a senhora está procurando, com o rosto tão perto do *azuki*?

— Só estou fazendo o que consigo.

— Como assim, fazer o que consegue?

— Senhor gerente, por favor, segure a panela.

Eles trocam de lugar, e Sentaro levanta o *sawari* com as duas mãos. Depois despeja a água no escorredor que estava na pia, revelando o *azuki* cozido.

— Opa... que bonito.

Ele se inclina para a frente. Há uma diferença na qualidade, não há como não reconhecer. O feijão está cozido e, mesmo assim, cada grão está inteiro e não está enrugado. Se fosse do jeito que Sentaro costumava fazer, os grãos estariam quebrados e o amido estaria saindo deles. Mas o *azuki* que está à sua frente está cozido, os grãos estão ordenados e cada um deles brilha.

— Então este é o resultado. Não imaginei que seria assim.

Sentaro olha, admirado, e Tokue dá uma risada enquanto encolhe o ombro.

— Resultado? Senhor gerente, o senhor já fez uma pasta de feijão de verdade?

— Se tentei... até tentei, sim.

— Então vai precisar estudar.

Dali para frente, Sentaro fica de fazer tudo. Primeiro, precisa cozinhar o xarope que adoça o feijão cru. Então, coloca dois litros de água fervida no *sawari* sem nada dentro. Acrescenta, por fim, dois quilos e meio de açúcar granulado e o deixa se dissolver. Tokue fica ao seu lado e vai explicando o passo a passo.

Mesmo não conseguindo enxergar mais os grãos de açúcar, é necessário continuar mexendo o xarope, para não deixar ferver demais. Depois, deve-se colocar os feijões cozidos com cuidado, prestando atenção na intensidade do fogo. Sentaro consegue seguir todos os passos, e agora é o momento de misturar o *azuki* com o xarope.

— Esta parte é crucial porque pode queimar muito rápido — diz Tokue. — A ponta da espátula deve ficar posicionada no fundo da panela.

Essa é uma técnica que Sentaro nunca havia ouvido antes. Enquanto faz isso, acrescentam sal ao *sawari*.

— Se queimar agora, tudo irá por água abaixo.

"Deixe a espátula voltada para cima.

"Mais rápido.

"Não pode mexer tão rápido."

Ela repassa muitas instruções, uma atrás da outra, sobre como segurar a espátula e qual é o ângulo correto. Sentaro está suando muito pela testa e pelo pescoço, mas isso é de se esperar estando na frente de algo quente. Então ele percebe que ela está certa. Quando tentava fazer a pasta de feijão doce, sempre errava nessa fase do processo. Como é uma pasta com açúcar, o fundo queima mais fácil. Se cozinhasse em fogo baixo, lentamente, levaria mais tempo e a textura da pasta seria perdida. Para fazer uma pasta visivelmente bonita e com uma boa textura, é necessário cozinhar a uma certa temperatura para que a água evapore. Para não queimar a pasta, é necessário ser audacioso e mexer a espátula no tempo correto.

Sentaro mexe com a espátula enquanto seca o suor da testa na manga da roupa de cozinheiro.

— Já pode desligar o fogo — diz Tokue quando ele menos espera.

— Mas ainda está ralo.

— Já está bom. Este é o momento correto.

— Mas assim...

O que há dentro do *sawari* está ralo demais para ser chamado de pasta de feijão doce. Sentaro tem dificuldade para fazer a pasta, mas ele sabe a consistência certa para servi-la. Se for mole assim, na hora de colocar dentro da massa, vai acabar escorrendo. Mas ele desliga o fogo e continua mexendo com a espátula, e a pasta que parecia rala demais começa a encorpar. Tokue estende um pano de prato sobre a tábua de cortar.

— Agora, deixamos aqui por um tempo. Esta calda se chama *mitsuzuke*. Depois, a gente pega com a espátula e vai colocando um do lado do outro.

— Colocar o quê?

— A pasta que o senhor está fazendo.

Sentaro fica confuso. *Como assim?*, pensa.

Tokue pega a espátula de madeira dele.

— Senhor gerente, vamos descansar um pouco.

7

ENQUANTO A PASTA ESTÁ de molho, Sentaro é instruído por Tokue e anota o passo a passo.

— Eu memorizo só de olhar — diz o homem.

— Então, me diga qual é o passo a passo desde o começo — pressiona a senhora.

Sentindo-se encurralado, Sentaro abre o bloco de anotações.

— O senhor é muito confiante, não é?

— Não é bem isso.

— Você não anota por se sentir confiante. Mas, para fazer doces, os detalhes são importantes. Como vai decorar tudo sem anotar?

— Ah.

Ela ensina novamente o processo, desde a parte do molho, para Sentaro, que está acuado.

— Onde aprendeu tudo isso?

— Eu fiz isso por muito tempo.

— Foram cinquenta anos, não?

— Imagino que muitos dos seus clientes devem ser idosos como eu.

Sentaro balança a cabeça em negação.

— Recebo muitas estudantes do ensino fundamental e médio. Elas fazem muita bagunça, não vai gostar nada disso.

— Nossa... garotas assim? — Uma cor levemente avermelhada surge no rosto de Tokue. — É normal nessa idade, serem mais bagunceiras.

— Eu as suporto porque são clientes.

— Então, vou poder conhecê-las, não?

Sentaro pensa em negar, mas resolve não falar nada. Ele não mudou a ideia de pedir a ela que vá embora para casa depois de fazer a pasta de feijão doce. *Nisso eu não vou ceder*, pensa Sentaro.

Tokue abre o *sawari* e começa a sovar o *azuki* com a espátula de madeira.

— Acho que está bom.

Ela pega a pasta de feijão doce com a espátula de madeira e a coloca em cima do pano de prato.

— É assim que se faz?

— Ela ainda está suando, então precisamos secá-la desta forma. Quando ela esfriar, teremos uma ótima pasta de feijão doce.

O vapor da pasta sobe seguindo o ritmo da espátula de madeira. A superfície da pasta sobre o pano de prato está brilhando e um aroma refinado e profundo preenche a cozinha.

— Agora, precisamos ver se a massa que o senhor vai fazer vai combinar com esta pasta.

Sentaro coloca a massa na chapa de ferro aquecida com a colher de *dorayaki*.

A massa é feita seguindo uma forma ortodoxa de proporção de ingredientes chamada *sandowari*.[1] Isso foi a única coisa que seu antigo chefe lhe ensinou. Ovo, açúcar refinado e farinha. Os três ingredientes são misturados em partes iguais. Às vezes acrescentava bicarbonato de sódio e *mirin*,[2] ou até água para ajustar a consistência. A proporção *sandowari* é mantida há mais de um ano. É uma receita que, uma vez aprendida, qualquer um consegue fazer.

O problema estava na hora de assar. Diferente do *imagawayaki*[3] que é assado em uma base que já possui uma forma, para se fazer *dorayaki* usa-se uma chapa de ferro chamada *hiranabe*. Em cima dela, ajusta-se o tamanho e a espessura da massa, assando-a de forma rítmica. Cozinheiros experientes fazem parecer fácil preparar o *dorayaki*, mas é um trabalho difícil para iniciantes. Pequenas variações na quantidade de água na massa geram grandes diferenças no resultado, então não é possível garantir que a massa tenha forma arredondada

---

1 No mundo da confeitaria japonesa, há uma fórmula básica que foi transmitida de geração em geração. Ela é chamada de *sandowari* e significa que as proporções de todos os três ingredientes são as mesmas. [N.T.]

2 Também conhecido como saquê culinário, o *mirin* é um condimento muito utilizado na culinária japonesa. É similar a um vinho de arroz e possui um baixo teor alcoólico. [N.T.]

3 *Imagawayaki* é um doce tradicional japonês que consiste em uma massa recheada de pasta de feijão doce. É similar ao *dorayaki*, mas em vez de ser composto por duas panquecas separadas, o *imagawayaki* lembra um bolo com recheio. [N.T.]

ao ser assada. E, para piorar, se o cozinheiro errar o momento de virar a massa, ela pode queimar facilmente.

Não sabia se era porque tinha descoberto a forma correta de fazer a pasta ou se era porque Tokue estava ao seu lado o tempo todo, mas ele consegue assar a massa perfeitamente. Todas saem no formato arredondado, algo raro para Sentaro.

Faltam quinze minutos para abrir a confeitaria. Os dois começaram pouco depois das seis da manhã, então tudo levou em torno de quatro horas e meia. Sentaro e Tokue alongam as costas, massageiam os braços e se sentam nas cadeiras arredondadas da cozinha.

Envolver a pasta ainda quente em uma massa recém-assada e macia é um momento feliz para quem gosta de *dorayaki*. Sentaro cumprimenta Tokue para agradecê-la e leva um *dorayaki* à boca.

Neste momento, o aroma envolve suas narinas e vai para trás de sua cabeça. É um aroma diferente do da pasta pronta, parece que os feijões estão vivos e frescos. Havia intensidade. Havia vida ali. O sabor doce se espalha por dentro das bochechas de Sentaro.

Ele dá mais uma mordida após olhar para Tokue e sorrir. Aquele gosto mexeu com ele.

— É realmente diferente — diz Sentaro, acariciando a bochecha.

— O que achou, senhor gerente?

— É a primeira vez que como uma pasta de feijão doce assim.

— É?

— Finalmente, me deparei com uma pasta de feijão doce que consigo comer.

— O quê? — O olhar de Tokue é direcionado para o *dorayaki* que Sentaro está segurando, que está com marcas de mordida. — O que disse, senhor gerente?

Ela também para de comer o doce na metade.

— Sabe o que é... Yoshii-san.

— Sim?

Tokue devolve o *dorayaki* ao prato.

— É muito raro eu comer um *dorayaki* inteiro.

— O quê? — Tokue fica boquiaberta. — Mas por quê? Você, por acaso, não gosta?

Sentaro nega, balançando a mão.

— Não é isso... Eu até como, mas não gosto muito de doces.

— Ah, entendi...

— Mas sei que a pasta de feijão doce da senhora é muito boa. Senti isso na outra vez, mas uma pasta assim... é a primeira vez.

— Senhor gerente, você não gosta de doces, então?

Tokue não tira os olhos de Sentaro.

— Não é que não gosto. É que comer um inteiro...

— Mas por quê, senhor gerente?

Ele vai ficando sem voz enquanto a senhora aumenta o próprio tom de voz.

— Mas, senhor gerente... Então porque trabalha numa confeitaria de *dorayaki*?

— Não faço ideia...

Tokue continua o olhando, sem acreditar.

— Quando vi, já estava aqui.

— Como assim... quando viu?

— Por conta de algumas circunstâncias. — Sentaro pega o *dorayaki* que estava comendo e dá mais uma mordida. — Então... isso aqui.

— O que foi, senhor gerente? Você não é uma pessoa muito clara.

— Só percebi agora, mas a pasta está tão bem-feita que a massa fica parecendo apenas um acompanhamento. Não tem um equilíbrio entre elas.

Tokue vira a cabeça, estica a mão e come o restante.

— Agora que você disse...

— Viu? A pasta está tão boa que só consigo sentir o gosto dela. Não há sentido para ela estar dentro da massa. Na verdade, chega a atrapalhar.

Mesmo falando isso, há uma voz dentro de Sentaro dizendo para tomar cuidado. A voz está gritando para não dificultar o trabalho, mas sua boca já está se movendo.

— Se a massa fosse melhor, tudo ficaria excelente...

— Melhor?

— Sim. Bom, por enquanto, o fato de ter uma pasta tão boa é algo novo desde que comecei na confeitaria.

— Estou triste, mesmo o senhor elogiando dessa forma... Uma pessoa que não gosta de doces fazendo *dorayaki*.

— Não é isso. Viu? Eu comi tudo. Faz tempo que isso não acontece.

Sentaro mostra que comeu tudo e bate as palmas das mãos para tirar a farinha delas.

— É um pouco frustrante.

— Ah, mas é que eu gosto mais disso aqui — diz Sentaro, fingindo estar levando um copo de saquê à boca, e rugas aparecem no nariz de Tokue.

— Então deveria ter aberto um bar.

Sentaro não responde nada e se levanta para abrir o portão.

8

"A PASTA DE FEIJÃO DO *Doraharu mudou.*" Sentaro pensa se não seria o caso de escrever isso de alguma forma e colocar na entrada da confeitaria. Mas, se fizer isso, as pessoas podem perguntar o que era então a pasta de feijão que ele usava até este dia. Decide, então, não falar nada para os clientes.

Mas ele nota uma mudança imediata no dia que prepararam a pasta de feijão doce. As estudantes bagunceiras ficaram quietas.

— Está mais gostoso — dizem, olhando para o rosto de Sentaro.

Ele dá uma resposta vaga, dizendo que usou um bom feijão, mas não comenta nada sobre Tokue.

A reação dos clientes que levam o doce para viagem também mudou.

— O senhor trocou de fornecedor? — pergunta um deles.

Quando a senhora vai novamente à confeitaria, Sentaro lhe conta sobre o que aconteceu.

— Que bom — responde ela com um sorriso, mas sem se gabar.

— Mas as vendas não aumentaram. Se eles elogiaram tanto, deveriam ter comprado mais.

— Estou feliz só deles virem.

— Sabe, uma pasta de feijão doce igual a essa não é fácil de encontrar.

— Nossa, mas é assim mesmo...?

— Ah, sim.

Ele segura a espátula de madeira enquanto Tokue fica ao seu lado, observando atentamente a tigela com os feijões.

A PASTA DE FEIJÃO doce cozida por Tokue se tornou algo valioso. Sentaro acredita que a postura da mulher durante o preparo é o que garante isso. Ela valoriza o *azuki*, está sempre de olho nele. Todo o processo é feito de forma cuidadosa, como se ela nem se lembrasse da deformidade dos dedos.

Tokue disse que queria testar outros feijões, então Sentaro pediu que seu fornecedor importasse feijões da província de Shandong, na China, e dos Estados Unidos, além dos feijões canadenses. Tokue cozinha todos os feijões com perfeição. Todos têm um aroma profundo, mas cada um possui sua peculiaridade e cada um tem um brilho diferente.

— Que divertido — diz Tokue.

Com a mudança dos grãos, o processo também se torna mais complexo. A preguiça vem, mas Sentaro passa a ficar cativado pelo processo de cozimento do *azuki*.

Se for possível trazer à tona a peculiaridade de cada tipo de grão, ele considera vender os *dorayaki* separando-os de acordo com a origem do feijão. Ou talvez lucre mais se produzir doces como *yokan*[1] ou *kintsuba*[2], que são doces feitos basicamente de pasta de feijão doce. Ele pensa nessa possibilidade. Mas, ao mesmo tempo, não quer dificultar o trabalho.

Ele passa a se dedicar à confecção da pasta de feijão doce sem descansar, mesmo não estando acostumado com isso. É um período desafiador. Claro que existe o cansaço físico, mas, além disso, sente-se irritado por perceber que se tornou incoerente. Se levar isso a sério, talvez exista um mundo divertido dos *azuki*. Esse sentimento traz uma sensação completamente nova. Mas há um lado seu que diz que não precisa daquilo. Não sabe se vai voltar a se dedicar à vida de escritor, mas pelo menos tem que sair desta rotina de ficar em frente à chapa de ferro. Essa era sua única certeza.

Talvez fosse por conta desse sentimento que, quando Sentaro fazia a pasta de feijão doce sozinho e a experimentava, não sentia aquela textura consistente. Ou talvez fosse porque nunca havia levado jeito para isso. Quando achava que havia melhorado, a pasta de feijão doce seguinte ficava com cheiro de queimado. Mexia

---

1 Um doce tradicional japonês feito com ágar (gelatina feita a partir de algas vermelhas) e pasta de feijão *azuki*. É comum ser vendido em blocos ou embalado um a um. [N.T.]

2 Outro doce tradicional japonês, com formato quadrado. É um pedaço de *yokan* envolto em uma massa fina e assada numa chapa. Sua origem é a região de Kansai. [N.T.]

demais no feijão, que ficava empastelado, ou deixava a água evaporar demais e a pasta ficava ressecada.

Porém, como parou de usar a pasta de feijão doce pronta, quando achava que a pasta de Tokue não era suficiente, precisava misturá-la com a feita por ele. A sensação que Sentaro tinha quando misturava as pastas era a de um estudante da escola primária que tinha recebido o resultado da prova da escola.

Na hora de experimentar, Tokue estica as costas e coloca a pasta de feijão doce em sua boca com uma colher.

— O sabor não está consistente — diz, olhando para o nada e movendo os olhos. — Mas está interessante — fala, sem repudiar simplesmente.

Durante a produção da pasta de feijão doce, tudo é muito detalhado, mas, no final, o resultado é o oposto e há momentos em que as diferenças na textura se tornam algo divertido.

— Achei que teria que refazer.

— Mas está mais gostosa do que a pasta pronta.

— Não esperava por isso.

— Os grãos se esforçaram.

Uma vez relaxada, Tokue muda sua forma de ver as coisas e suas palavras se tornam mais otimistas. Isso é apreciado por Sentaro, mas, ao mesmo tempo, se torna algo incômodo.

O que o incomoda acontece depois de terminar o preparo da pasta de feijão doce. Sentaro havia dito diversas vezes a Tokue que ela não precisava atender os clientes, mas ela permanecia na cozinha por uma, duas horas depois de fechar a confeitaria. Claro que há questões que fogem de seu controle. Ela já tem uma certa idade. Tem um corpo com restrições.

Quanto mais tempo passa, mais tempo Tokue fica sentada na cadeira da cozinha. Diz que está cansada. Com a boca aberta, mostra uma expressão de confusão no rosto e diz que sua lombar está incomodando. Parece que, nessas horas, ela fica sem forças até para tomar um chá, e, às vezes, apenas coloca o avental no colo e permanece inerte. Sentaro percebe que a audição dela piora nesses momentos e, quando há algum anúncio no centro comercial, ela lhe pergunta do que se trata. Ele não pode mandá-la para casa assim. Sentaro fica receoso quando seus clientes começam a chegar.

E o motivo para tal receio é que Tokue até mostrava a intenção de se esconder atrás da estante, mas nunca ia embora para casa. Se uma cliente aparecesse em frente à janela de vidro com um bebê, ela colocava metade do seu rosto à mostra e dizia:

— Olha só...

Se um grupo de crianças aparecia, ela falava de tal forma que fosse possível ouvi-la.

— Porque não faz um agrado para eles, senhor gerente?

Nesses momentos, Sentaro pedia a ela para que fosse para casa e isso acabava saindo numa voz mais alta, sem querer. Quando isso acontecia, a senhora abria a porta dos fundos e ia embora silenciosamente.

A temperatura aumenta e logo chega o verão. Em uma tarde, Sentaro solta um pequeno gemido enquanto as mãos estão em cima da porta da geladeira. Não há fila, mas os clientes não param de chegar. Porém, não há pasta de feijão doce na geladeira. Teria que cozinhar novamente; do contrário, não conseguiria atender mais clientes. E o sol ainda brilhava forte no céu.

Ele pede desculpas a alguns clientes e coloca uma placa de madeira onde se lê "Vendemos tudo. Muito obrigado". Até onde Sentaro se lembra, essa placa nunca tinha sido colocada até aquele dia.

Ele pensa que talvez tenham feito pouca pasta de feijão doce e resolve rever o papel em que havia escrito as quantidades. Mas não há nada de diferente. A lixeira ao lado da chapa está cheia de cascas de ovos. Então checa as vendas apressadamente. Havia vendido trezentas unidades, seu recorde.

Não há nada que possa ser feito a não ser fechar a loja. Ao trancar a porta, Sentaro começa a andar pelo centro comercial, que está iluminado pelo pôr do sol. Está cansado, mas seu corpo está quente. Vai direto para o restaurante de *soba* e bebe sozinho.

Não é um trabalho que conseguiu porque desejara. Queria se libertar logo. Só desejava isso. Mas há uma sensação de realização como se tivesse ultrapassado um ponto crítico. Neste momento, Sentaro sente uma insegurança. Queria comemorar um pouco, mas as coisas parecem ter se complicado... Não sabia mais o seu papel ali.

O que vou fazer agora? Precisa dessa resposta logo. Sentaro pensa enquanto se serve de saquê.

Será que ele deveria pendurar a placa de "Vendemos tudo" sempre que a pasta acabar ou será que deveria considerar trabalhar até de noite? De qualquer jeito, parecia que havia méritos e deméritos para ele.

Se as vendas aumentassem, seu ganho também aumentaria. O valor que daria para a senhoria também subiria. Mas é certo que há um lado seu que está quase desistindo de tudo. É muito difícil para Sentaro se imaginar envolvido em um caos maior ainda. Ele passa o dia inteiro só preparando *dorayaki*.

Porém, pondera, se trabalhasse o dia todo, o dia que iria se livrar daquele inferno em frente à chapa de ferro ficaria mais próximo. Se fosse assim, teria que trabalhar com dedicação e juntar dinheiro, e isso deveria ser seu maior objetivo. E foi por isso que Deus enviou aquela senhora. A senhora faz a pasta de feijão doce ganhando uma merreca por hora. Se isso não for uma chance, o que seria?

— Chegou a hora — murmura Sentaro.

Com a mente entorpecida pelo álcool, ele pensa no que vai fazer. A loja fica em um centro comercial desolado, mas há momentos com pico de pessoas. Isso acontece no final do dia, quando elas retornam para suas casas e quando fazem compras. Há confeitarias no centro da cidade que fazem os preparativos durante a tarde, abrem as lojas no final do dia e funcionam até altas horas. Há muitas mulheres e homens que trabalham em escritórios e querem um doce depois de beberem. Tendo isso em mente, fechar a confeitaria enquanto ainda está claro é um erro. Queria manter a confeitaria aberta até, pelo menos, oito, nove horas da noite. A confeitaria deveria continuar aberta até depois do horário de pico do retorno às casas para atrair novos clientes.

Mas quem faria a pasta de feijão, já que a demanda certamente aumentaria? Sentaro se depara com essa questão. Não acha possível dar mais trabalho a uma senhora de 76 anos que se senta sempre que pode.

9

SERÁ QUE SERIA POSSÍVEL aumentar a produção de pasta de feijão doce?

Sentaro vai perguntar a Tokue dias depois daquela vez em que vendeu tudo. Ela não diz "O quê?" nem "O que disse?", fica apenas o olhando, calada.

— Que bom, senhor gerente — diz a mulher, após ficar um tempo em silêncio, com um olhar gentil.

— Graças à senhora, o número de clientes aumentou.

— Vai começar a fazer mais pasta de feijão doce também?

— Em breve.

— Então, vou ter que ajudá-lo.

A senhora não dá sinais de que achou ruim, apenas aceita fazer uma quantidade maior. Combinam que vão produzir dez quilos por vez dali em diante.

— Vamos ficar mais ocupados — observa Sentaro.

— Mas isso é algo bom.

— Como está a sua saúde? Vai mesmo conseguir fazer mais?

— Mas a parte braçal vai ser o senhor que vai fazer, não é?

— Ah, sim.

— Então, podemos começar hoje mesmo.

Tokue balança o corpo como fez da outra vez quando uma cliente aproximou o bebê da janela de vidro.

Finalmente, Sentaro compreende o que significa estar ocupado. Em dias com muitas vendas, não há tempo para alongar a lombar, e ele tem que continuar assando a massa sem parar.

E, no meio-tempo, precisa atender os clientes. Tem que colocar a pasta de feijão doce dentro da massa e registrar as vendas na caixa registradora simultaneamente. Mesmo assim, como sempre, Sentaro nem pensa em descansar. Também não aumenta o número de dias de trabalho de Tokue. Ele trabalha de manhã cedo até de noite, como se estivesse grudado à chapa de ferro. E os dias seguem dessa forma. Há altos e baixos, mas as vendas sempre se mantêm boas.

Finalmente, a cerejeira de frente à confeitaria passa a se molhar com as longas chuvas. As folhas cobertas de gotas da chuva brilham num verde intenso. É uma bênção para todas as árvores. Mas é a chegada de uma estação do ano incômoda para as confeitarias. A alta temperatura e a umidade são inimigas da pasta de feijão doce. A pasta com maior teor de açúcar, como aquela usada no *monaka*,[1] dura mais tempo.

Mas a pasta de feijão doce usada no *dorayaki*, por ser mais rústica, também é mais sensível. Dependendo da

---

[1] Outro doce tradicional japonês, composto por uma fina camada de biscoito *wafer*, feito com farinha de arroz, recheada com pasta de feijão doce.

situação, ela pode sofrer alterações em apenas meio dia. Sentaro toma cuidado na hora de assar a massa. Se fizer muito, a umidade é absorvida pela massa e ela fica grudenta. Para evitar isso, tem que ir assando aos poucos, prevendo a quantidade de clientes. Em tempos de chuva, tudo dá trabalho.

Entretanto, graças à pasta de feijão de Tokue, o Doraharu vai muito bem. Os clientes fazem fila, mesmo segurando guarda-chuvas em uma das mãos. Nos anos anteriores, esse período do ano era quase de pausa nas atividades, mas, neste ano, os dias seguem bem agitados.

É a partir desse momento que Sentaro passa a sentir tontura na frente da chapa de ferro. Além da correria, o calor está acabando com ele.

Um ar quente entra pela janela de vidro que permanece aberta. O ar-condicionado da confeitaria está funcionando, mas ele fica em frente à chapa quente. O avental de confeiteiro está encharcado de suor. Ele passa a tomar muita água enquanto assa a massa. Começa a não ter apetite. Não consegue comer nem o sanduíche da loja de conveniência. Mesmo nesta situação, ele continua a trabalhar sem descansar, como se estivesse possuído.

Sentaro sente um peso em seu corpo no dia em que, mesmo com a chuva, precisa colocar a placa de madeira para informar que vendeu tudo. Voltando ao seu apartamento, desaba na cozinha e fica deitado por um tempo. Vai se deitar na cama apenas depois de tomar bastante uísque.

No dia seguinte, Sentaro está sentado na cadeira da cozinha, com as costas curvadas. No *sawari* está a pasta de feijão doce que ele havia cozinhado. Já tinha quase terminado de deixar de molho com o xarope. Falta só dividir a pasta com a espátula de madeira para ter a porção extra a ser acrescentada à pasta de Tokue. Ele sabe o que precisa fazer, mas não consegue. Seu corpo não se mexe. Está inerte, apenas sentindo o ar gélido do ar-condicionado. É difícil até mexer os dedos.

Neste dia, Sentaro não abre a confeitaria.

Ele acaba adormecendo enquanto ainda estava sentado, e, ao abrir os olhos, vê que é quase o horário do almoço. Finalmente, ele se move, mas não está com vontade de abrir as portas. Solta suspiros curtos enquanto embala a pasta com plástico. E, mesmo antes de colocá-la na geladeira, senta-se novamente na cadeira.

Sentaro tira a roupa de cozinheiro e sai da confeitaria. O tempo estava nublado de manhã cedo, mas agora o chão reflete muito calor. A luz está tão forte que o faz recuar e ele se senta à sombra da cerejeira.

Uma cigarra, que nasceu antes do tempo, solta um zunido e sai voando.

Ele coloca as mãos na árvore, cuja superfície é áspera, e permanece em pé com dificuldade. Um suor desagradável sai pelo corpo todo. Observa as folhas que balançam ao vento enquanto apoia o corpo no tronco da árvore. Elas têm um verde intenso. Sentaro consegue apenas ficar olhando.

E, de repente, das sombras das folhas, ele vê a imagem da mãe. Enquanto Sentaro estava preso, sua mãe foi visitá-lo algumas vezes. Ela, que parecia ter envelhecido de uma vez, sempre permanecia quieta atrás da placa de acrílico.

De forma inesperada, Sentaro sente que vai chorar. Como as lágrimas estão ameaçando cair, ele sai do centro comercial e vai para a estrada do lado da via férrea. Sente-se encurralado enquanto observa vários trens passando. Depois de um tempo, começa a sentir medo do que poderia fazer e sai andando em direção à área residencial.

O céu abre e uma luz forte começa a bater. A paisagem parece fresca e clara, mas isso faz com que ele se sinta ainda mais decadente. Parece que todo o tempo desperdiçado está agarrado aos seus pés. Sentaro se sente um lixo e sai andando pelas ruas. Parece que alguém lhe está falando "*morra*".

Quando chega ao seu apartamento, ele mal lembra por onde havia passado. Entra debaixo das cobertas, que tinha deixado sem dobrar.

Dentro do peito, Sentaro sente como se o sangue estivesse coagulado, e essa parte de seu corpo está extremamente quente.

Morra. Por que não morrer?

Enquanto ouve isso, Sentaro vai se afundando, como se estivesse sendo sugado. Respira de forma curta, como se estivesse se afogando. Mesmo nesta situação, ele tem um sonho e se vê em um lugar sem formas, suando e sofrendo.

10

O TELEFONE ESTÁ TOCANDO.

Sentaro se levanta. O dia parece claro atrás da cortina. Ao olhar o relógio, vê que já passou das oito da manhã. Ele não consegue entender por que o telefone está tocando, nem por que o quarto está claro. Mesmo assim, os toques não param. Ele vai até o telefone que fica na cozinha.

— O que aconteceu, senhor gerente? — Era a voz de Tokue.

Sentaro dá uma resposta qualquer, então a senhora pergunta novamente o que havia acontecido.

— É que...

— Você está bem, senhor gerente?

A imagem do caminho próximo da linha férrea e da cerejeira surge em sua mente confusa.

— É que, eu...

Ele havia deixado uma cópia da chave com Tokue para casos de emergência. Talvez ela tenha aberto a confeitaria e começado a trabalhar sozinha.

— Perdeu a hora? Ou está se sentindo mal?

— Me desculpe. — Ele pensa em dizer que já iria para lá, mas as palavras não saem de sua boca e ficam entaladas na garganta. — Estou me sentindo mal — responde Sentaro.

— O que está sentindo?

— É que... acho que estou cansado.

— Você está bem?

— Acho que vou descansar.

— Você trabalhou muito. É melhor que descanse — diz Tokue depois de um momento.

— Me desculpe.

— Comecei a cozinhar a pasta de feijão doce, então vou embora depois de terminar.

— Me desculpe. Consegue fazer sozinha?

— Consigo sim. O que acha de descansar por uns dois ou três dias?

Se ele descansasse tanto, poderia largar tudo e ir embora.

— Amanhã vou trabalhar. Peço que a senhora vá para casa após finalizar o preparo — responde Sentaro rapidamente.

— Ah, vou fazer isso sim. E... — Tokue queria dizer algo, mas pausa a respiração como se estivesse hesitando.

— Conto com sua ajuda — diz Sentaro, desligando o telefone em seguida.

NA MANHÃ SEGUINTE, SENTARO vai mais cedo para o Doraharu. Ao chegar na frente da confeitaria, a porta está com a parte inferior levantada e um cheiro doce paira no ar.

— Senhora Yoshii.

— Olá, senhor gerente.

— Por que está aqui tão cedo, Yoshii-san?

— Pensei em fazer a pasta de feijão doce no seu lugar.

— Hã... *o quê?*

Tokue está fazendo os preparativos em um dia em que não era para ela estar lá. Sem saber o que está acontecendo, ele apenas abaixa a cabeça e pede desculpas.

— Como está se sentindo, senhor gerente?

A senhora sorri para Sentaro enquanto olha o *azuki* cozinhando.

— Acho que já estou bem.

— Não descansar é errado.

— Ah, vou pensar nisso.

Sentaro coloca a roupa de cozinheiro enquanto pede desculpas. Sua mão para quando vai abotoá-la. No telefonema do dia anterior, Tokue disse que já havia começado a preparar a pasta de feijão doce. Então, a pasta necessária para hoje já estava pronta. Por que ela está preparando mais hoje?

— Yoshii-san, a senhora fez pasta ontem. O que seria isso aí, então?

— Ah, sim, a de ontem.

Tokue tira os olhos do *sawari*, mas não encara Sentaro. Antes de se virar, ela mexe os ombros para cima e para baixo.

— Bem... eu não sabia o que fazer, então preparei a pasta de feijão doce e fiquei descansando aqui por um tempo. Aí, alguns clientes chegaram.

— O quê?

— Como alguns clientes chegaram... ontem... eu acabei abrindo a confeitaria.

— Hã? O quê?

Sentaro estica o pescoço para frente, surpreso.

— A senhora abriu a confeitaria? Mas... como abriu a porta?

— Sabe, não gosto da porta toda fechada. Então fiz igual hoje e abri apenas a parte de baixo. E aí os clientes começaram a falar comigo.

— Mas a senhora prometeu que iria embora depois de preparar a pasta. — Sentaro sente o suor saindo pelas axilas. — Como fez com a massa?

— Ah... eu assei.

— A senhora conseguiu assar?

— Dei um jeito. Me desculpe, senhor gerente.

— Não adianta muito se desculpar...

Tokue solta a espátula de madeira e aponta para o balcão.

— E, aí, eu não sabia como registrar as vendas, então apenas escrevi quantos vendi.

— Mas a senhora fez isso por conta...

É UMA TABELA SIMPLES. Cada traço dos valores das vendas e do lucro foi escrito do jeito único dela, com as letras arredondadas. Parece que as vendas foram boas.

— A senhora fez tudo sozinha?

— Nossa, foi muito trabalhoso. Não tive um minuto de descanso.

— Fez tudo sozinha mesmo?

— Sim. Ah, mas eu pedi ajuda ao primeiro cliente para abrir o portão. Para fechar, pedi ajuda ao último cliente...

Como ela administrou tudo? Como ficou a massa que ela fez? Será que ela recebeu os pagamentos com aqueles dedos tortos? O que será que os clientes acharam disso?

Sentaro sente que precisa se sentar. Tokue fica pedindo desculpas.

— Nossa... estou surpreso. Poderia ter dito alguma coisa.

— Mas, se eu fizesse isso, o senhor me diria para parar.

É claro que ela havia burlado as regras, mas Sentaro não se sente no direito de dar uma bronca nela. Tokue pega a espátula de madeira novamente e fica petrificada, igual a uma criança de castigo.

— Mas se vendeu tanto assim e sozinha... A senhora deve estar cansada.

— Sim, me cansei muito.

— E ainda veio hoje cedo novamente.

— Sim. Bem cedo.

Sem saber qual atitude tomar, o homem começa a bater em suas bochechas. Tokue se assusta, mas ele a ignora e pega o medidor.

— Senhor gerente...

— Está tudo bem. Quanto temos de *azuki* hoje?

— Acho que de *azuki* seco temos dois quilos.

Sentaro faz a conta de cabeça e vai colocando açúcar no medidor para fazer o xarope.

— Senhor gerente...

— O quê?

— O que foi? Está tentando se motivar?

— Não é isso.

Sentaro não sabe por que havia batido em suas bochechas.

TOKUE PASSA O DIA inteiro animada. Conversa bastante enquanto mistura o *azuki* com a espátula de madeira.

— Senhor gerente, de onde o senhor veio?

— De Takasaki.

— Está em Tóquio desde então?

— Ah, já estive em outros lugares.

— Nossa, que legal — diz Tokue, suspirando.

— Imagina. Eu apenas... fui de um lugar para o outro.

— É? Por onde andou?

— Foi tudo pela região de Kanto.[1]

— Mas está bom já. Eu... vivia em Aichi quando era criança.

— Aichi?

— Sim. É interior de verdade... precisa pegar a linha Iida desde Toyohashi.

A senhora deixa de observar o *azuki* e passa a olhar para Sentaro, algo que normalmente ela não faria.

---

[1] A região de Kanto está localizada em Honshu, maior ilha do Japão. Abrange a região metropolitana de Tóquio e sete províncias: Gunma, Tochigi, Ibaraki, Saitama, Tóquio, Chiba e Kanagawa. [N.T.]

— Mas é um lugar com cerejeiras tão lindas.

— Ah, como se chama esse lugar?

— Ah, então... — Tokue fica calada por um tempo. — Havia um penhasco lá. E, embaixo dele, corria um rio. Havia cerejeiras do penhasco até o rio. Acho que nunca vi um lugar com cerejeiras tão lindas.

Por alguma razão, Tokue não menciona o nome do lugar.

— A senhora vai para lá de vez em quando?

— Não, faz muitas décadas que não vou... — Tokue balança a cabeça para os lados e volta a olhar para o *azuki no sawari*.

— Senhor gerente, o que você gosta de comer? Qual é o prato típico de Takasaki?

— Bom... acho que é o *bentô daruma,*[2] apesar de ser apenas uma marmita de trem.

Enquanto coloca água na panela cilíndrica, Sentaro dá um sorriso. É uma pergunta que parece ter vindo de um estudante primário. Mas isso o deixa feliz de alguma forma.

— Tem dois tipos do *bentô daruma*, um branco e outro vermelho. Acho que o recheio os diferenciava.

— Marmita de trem. Isso é ótimo para comer enquanto viaja.

---

[2] No Japão, é possível comprar marmitas em estações de trem. Elas são conhecidas como *ekiben*, e *daruma bentô* é o nome dado a uma marmita vendida na estação de Takasaki. Sua embalagem tem o formato de um *daruma*, boneco folclórico japonês que é conhecido por ser um amuleto para o sucesso. [N.T.]

— Do que a senhora gosta, Yoshii-san? Em Aichi, a especialidade seria algo cozido com *missô*? Ou talvez *kishimen*?[3]

— Na minha época, não havia nada dessas coisas bacanas, não. — Tokue balança a mão em frente ao rosto, negando. — É realmente interior. Era um lugar onde nós pegávamos as pétalas das flores de cerejeira, fazíamos conservas com elas e colocávamos água quente nelas para tomar.

— Nossa, parece história de um outro país.

— O Japão daquela época era bem diferente de agora.

Sentaro concorda enquanto coloca a panela cilíndrica no fogo.

— Tudo vai mudando, não é mesmo?

Tokue se estica e olha Sentaro da cabeça até os pés.

— Ah... bom... eu... — diz ele, hesitante.

— Hum?

— É que... eu tenho uma dívida com esta confeitaria.

— Ah, nossa.

— Não sei como explicar... mas eu tive uma fase na vida que acabei saindo do caminho.

— É um valor muito alto? Senhor gerente, o senhor não está sendo enganado?

— Não... quem me ajudou com as dívidas foi o antigo dono daqui. E, por isso, estou aqui. Ah, fique de olho no *sawari*.

Tokue vai correndo dar uma olhada dentro da panela.

---

3 Um macarrão feito de farinha de trigo, muito utilizado para fazer o *udon*, prato típico japonês que consiste em um macarrão servido com um caldo quente. [N.T.]

— Mas, senhor gerente, por que foi fazer essa dívida?

Sentaro olha para a panela. No fundo dela, uma espuma delicada começa a se agitar.

— É uma história que me envergonha, mas nunca vivi de forma correta. E, quando vi, já estava aqui. E olha que eu sonhava em ser escritor um dia. Mas nunca consegui nada na vida. Sei que, estando aqui, não passo de um preguiçoso. Afinal, não escrevo nada no Doraharu. Mas também não me tornei um especialista de *dorayaki*.

— Mas você está fazendo isso sem descansar.

— Ah.

Tokue desliga o fogo do *sawari*, mas não começa o processo de molho e fica observando o *azuki* cozido. Depois se vira para Sentaro.

— Vamos nos esforçar juntos. Eu te ajudo.

A panela cilíndrica começa a ferver.

— Mas a senhora já está me ajudando muito. É como se eu tivesse um grande aliado ao meu lado. Se bem que o destino pode ser um pouco complicado.

Quando Sentaro tenta pegar o copo de açúcar, o tom de voz de Tokue muda um pouco.

— Que destino, nada. Não pode ficar falando de destino, senhor gerente.

— Ah.

— Jovens não devem ficar falando de destino.

Sentaro sente como se tivesse levado uma bronca e olha para o chão.

— Eu... tive uma época em que não podia sair de um lugar.

Após dizer isso, a mulher vira o pescoço apressadamente e começa a colocar água no *sawari*, como se não tivesse gostado do que acabou de dizer.

— Me desculpe. A senhora está tão preocupada com as coisas e eu...

— Imagine, eu também peço desculpas.

— Por favor, esqueça isso — diz Tokue, sem olhar para ele.

11

O MÊS VIROU. É POSSÍVEL ouvir o zunido das cigarras na cerejeira. O pôr do sol começa mais cedo e surge um vento agradável.

O Doraharu sempre tem dificuldades para sobreviver ao verão, mas não passou por nenhuma crise durante esta estação. No ano passado, o número de estudantes do ensino fundamental e médio diminuiu durante as férias de verão. Isso não aconteceu neste ano. Ao contrário disso, o balcão se encheu de garotas estudantes todos os dias. Elas estavam atrás de *dorayaki* e uma bebida gelada, mas, para a surpresa de Sentaro, Tokue também havia se tornado motivo para elas irem lá.

Era o caso de algumas estudantes da escola secundária que iam para lá depois do cursinho.

— Não aguento mais estudar — dizem de tal forma que Tokue pode ouvir mesmo estando sentada no fundo da confeitaria.

A senhora sorri para elas, ainda sentada.

— Então, por que não saem um dia para se divertirem bastante?

— Se eu fizer isso, meus pais vão me expulsar de casa — respondem as meninas, enrugando o nariz.

— Se vocês realmente querem se divertir, saiam de casa mesmo.

— A senhora está falando sério?

— Sim.

— O pessoal desta loja quer que os estudantes se rebelem.

Dá para notar que Tokue, mesmo estando longe das meninas, está esperando pelo momento certo de falar com elas. Sentaro percebe isso. Quando a mulher ouvia conversas animadas vindo do centro comercial, ela ia se sentar triste na cadeira no fundo da confeitaria. Mas em pouco tempo já estava com um sorriso no rosto.

— Lá em casa é muito entediante. Não quero mais voltar pra lá! — grita uma das meninas enquanto as outras conversam.

— Pois faça algo que torne sua casa menos entediante — diz Tokue.

— Mas como? — responde a menina.

— Que tal trabalhar aqui? — sugere Tokue.

— Parem com isso — diz Sentaro, em frente à chapa de ferro.

No fundo, porém, Sentaro pensa dessa forma. Não importa se são estudantes do ensino fundamental ou médio; ele acha ruim ver as meninas enrolando na confeitaria por duas horas apenas comendo um *dorayaki*. Elas já deveriam estar cansadas de tanto conversar. A vontade de dizer para elas irem embora está entalada em sua garganta. Mas Tokue, como se quisesse ser uma mediadora, se intrometia nas conversas.

Desde o dia em que ela disse que deu conta da confeitaria sozinha, Sentaro mudou sua forma de pensar. Resolveu deixar Tokue mais livre. Ela recebia um salário muito baixo, então a presença da mulher na confeitaria se tornou parte de seu fardo. Mas isso não queria dizer que gostava de sua interação com os clientes.

Outra coisa que preocupava Sentaro é que alguns clientes mudavam a expressão no rosto quando viam Tokue no fundo da loja. Isso não passou despercebido para ele. O mesmo acontece com as estudantes do balcão. Algumas ficam caladas enquanto a observam. Há algo naqueles olhares.

HÁ UMA ESTUDANTE DO ensino fundamental, apelidada de Wakana-chan, que não anda muito em grupo. A garota não sabia a origem do apelido, mas, segundo as outras estudantes, é porque, por um tempo, seu corte de cabelo lembrava a personagem Wakame-chan, do animê Sazae-san.[1] Parece que isso foi bem na época em que seus pais se divorciaram, e as estudantes comentaram que seu corte de cabelo e personalidade tinham mudado desde então.

---

1 Sazae-san é uma série de mangá e animê criada por Machiko Hasegawa. O animê foi exibido pela primeira vez em 1969 e, na história, acompanha-se a rotina de uma família tradicional japonesa. [N.T.]

Wakana-chan é uma garota de poucas palavras. Ela fica observando a cozinha com os olhos turvos enquanto come *dorayaki*.

— O que foi? — pergunta Sentaro de vez em quando.

É incomum ele fazer isso, mas não saber para onde ela olhava o deixava intrigado.

Mesmo com a pergunta, Wakana-chan sempre fica calada. Só quando Tokue passou a lhe oferecer os *dorayaki* que saíam defeituosos, Wakana-chan contou que a mãe trabalha de noite, que leva uma vida difícil e que, mesmo vivendo apenas com a mãe, há cuecas em sua casa.

Tokue faz esses *dorayaki* com imperfeições de vez em quando, e não só para Wakana-chan. Ela pega as massas que queimaram e coloca pasta de feijão doce ou creme de recheio.

— É brinde — diz Tokue quando estudantes vêm desabafar com ela.

Sentaro não gosta muito disso e até chegou a falar sobre o assunto com a senhora, mas ela não lhe deu ouvidos.

— Ah, mas íamos jogar fora de qualquer jeito, não é? — diz Tokue.

— Este é mais gostoso — Wakana-chan elogia os *dorayaki* defeituosos.

Isso deixa Tokue feliz, e ela começa até a passar mel neles. Um dia, Tokue está esticando a massa, e Wakana-chan acaba dizendo o que até aquele momento ninguém tinha mencionado.

— Tokue-san... o que aconteceu com os seus dedos?

Sentaro se vira a tempo de presenciar o momento em que Tokue coloca uma mão sobre a outra para esconder os dedos.

— Ah, isso aqui. Quando era mais nova, fiquei doente e meus dedos ficaram tortos.

— Que doença?

Sentaro nota a expressão de Tokue enrijecer.

— Foi uma doença muito dolorosa — respondeu Tokue, sem acrescentar mais nada.

Wakana-chan apenas mexe a cabeça, como se dissesse que entendeu, e não pergunta mais nada. Sem saber o que fazer, Wakana-chan apenas abocanha o restante do *dorayaki* e continua mastigando em silêncio. Sentaro percebe que o som de mastigar é o único emitido entre as duas. Depois desse dia, a jovem para de ir à confeitaria.

TOKUE COSTUMA FALAR DAS estudantes enquanto lava a louça. Uma delas finalmente começou a sorrir, então talvez as coisas na casa dela tenham melhorado. Outra está com o coração partido; Tokue sabe porque viu os amigos a consolando. Ela observa que, mesmo em épocas diferentes, o que dizemos em momentos assim nunca muda. Uma pessoa lhe mostrou o novo celular, do modelo mais recente. A senhora diz que Sentaro nem deve conhecer esse lançamento. Depois questiona como vai ser essa geração, já que as crianças de hoje vivem com coisas assim nas mãos.

Às vezes, a senhora comenta sobre Wakana-chan.

— Faz tempo que ela não vem — diz Tokue.

— Aquela menina intrometida? — pergunta Sentaro enquanto tira a parte queimada da chapa.

— Como assim?

— Ah, ela perguntou sobre os dedos da senhora.

— Mas o senhor também fez isso.

— Mas trabalhamos juntos. Eu precisava saber.

— Ah, sobre isso...

— O quê?

— Eu não sei se concordo... sabe.

Sentaro levanta o rosto sem entender a reação de Tokue.

— Fingir que não viu é uma atitude adulta. Mas também acho válido perguntar direitinho.

— É uma questão complicada.

— Wakana-chan havia notado os meus dedos já fazia um tempo. Eu sei disso. Acho que ela me perguntou pois se sentiu próxima de mim.

— Ah, é?

— Então, por favor, não fale assim dela.

— Sou eu que levo bronca?

Sentaro se sente aliviado, pois Tokue dá uma risada ao ouvir isso.

— Yoshii-san, a senhora gosta de crianças, não é? Eu já fico meio receoso quando sou rodeado por elas...

— Meu sonho era ser professora.

— De ensino fundamental?

— Poderia ser também... mas queria ensinar japonês para o ensino médio. Queria ter estudado.

— Bom, depois da guerra, o país deveria estar em uma fase sem muitos recursos — diz Sentaro, por reflexo, para criar um contexto para Tokue.

— Não só minha família, mas todos éramos pobres.

— Professora de japonês? — pergunta Sentaro novamente, como se quisesse puxar assunto.

— Eu gostava de poesias. Gostava de Heinrich Heine, Hakushu Kitahara e outros poetas. Quando eu era pequena, lia as coletâneas que estavam no quarto do meu irmão mais velho.

— Não imaginava que a senhora era assim.

— Foi uma época em que a única diversão era imaginar além do mundo das palavras. E eu gostava muito de imaginar as coisas. Por isso, me surpreendeu saber que o senhor queria se tornar um escritor.

— Isso é coisa do passado.

— Mas os seus sonhos do passado ainda existem? Eu não imaginei que iria conversar com aquelas lindas crianças nesta vida. Por isso, estou muito feliz.

— Lindas? Aquelas crianças?

— Sim. Não me tornei uma professora, mas sinto que agora consigo vivenciar um décimo disso. Muito obrigada por me permitir conhecê-las.

— Pare com isso. A senhora está me ajudando também.

Enquanto esfrega a parte queimada da chapa de ferro, Sentaro deseja que Wakana-chan volte a aparecer logo.

12

AS FÉRIAS DE VERÃO terminam, e as garotas que frequentam o Doraharu voltam a aparecer de uniforme. Durante o dia, ainda está abafado, mas no final da tarde o clima fica fresco. A cerejeira balança, e suas folhas verdes opacas caem na frente da confeitaria.

Sentaro já terminou de limpar o interior da loja e está removendo as folhas que se juntaram no canto do portão. Do nada, alguém o aborda por trás.

— Olá, senhora.

— Desculpe vir tão tarde.

Enquanto ele leva a senhora até o balcão, vários pensamentos passam por sua cabeça. Sentaro se encontra com ela toda semana para conferirem o registro de vendas e depósitos. Normalmente se encontram na confeitaria, e de vez em quando ele também vai até a casa do falecido chefe. Mas tudo é combinado previamente. A senhora vive ocupada, já que vai diariamente ao hospital. Ele também trabalha direto, então nem sempre consegue atendê-la. Conversas sobre a parte financeira são feitas na ausência de clientes, ou seja, após o encerramento das atividades da confeitaria.

Esse acordo era bom para Sentaro. No dia anterior à visita, ela sempre ligava. Assim, dava tempo para atualizar o registro de vendas e fazer a limpeza do lugar. E, melhor ainda, não precisava apresentar Tokue Yoshii para ela.

Mas, por alguma razão... o homem tem um pressentimento ruim. Tokue estava lavando a louça até pouco tempo atrás. Se a dona tivesse aparecido uma hora antes, elas teriam se encontrado.

— Sentaro-san, poderia me servir chá?

Ela coloca a bengala no balcão e aponta para as xícaras. Sentaro coloca a água na chaleira e bota para ferver.

— Desculpe vir num momento corrido.

— Imagina. Aconteceu alguma coisa?

A senhora se senta, olha a confeitaria e depois observa atentamente Sentaro, sem dizer nada.

— Olha, são apenas rumores... sobre a senhora que está fazendo bico aqui.

— Ah, Yoshii-san.

— Ela se chama Yoshii-san?

O que ele mais temia aconteceu. Sentaro desvia o olhar da senhora e coloca a mão na alça da chaleira.

— Um conhecido meu me disse uma coisa. Essa pessoa tem um problema nos dedos, não é?

Sentaro fecha os olhos antes de falar.

— Ah, sim, um pouco... Por quê?

— E a cabeça dela também está paralisada, é isso?

Ele mexe a cabeça, mostrando que não tem certeza.

— Pelo que essa pessoa me falou... olha, me desculpe, mas... estando ou não ela errada, é uma coisa ruim... Será que ela não tem lepra?

— Lepra?

— Hoje em dia, as pessoas chamam essa doença de hanseníase.

— Hanseníase...

Sentaro repete o nome em sua cabeça e sente o sangue se esvaindo a partir da testa.

— Aí, fiquei preocupada, sabe. Na verdade, eu tinha chegado uma hora atrás e estava olhando o interior da loja de longe.

— Não precisava fazer isso. Era só vir normalmente. Assim, Yoshii-san poderia ter te conhecido.

A senhora concorda, mas olha mais intensamente para Sentaro.

— Mas se eu fizesse isso, atrapalharia você, Sentaro-san. Afinal, fez isso tudo escondido para que eu não a encontrasse, não foi?

— O quê? O que está dizendo?

A vibração da água fervendo chega até as mãos pela alça da chaleira. Mas há algo vibrando ainda mais forte dentro do corpo dele.

— Não pude checar direito, mas achei aqueles dedos dela muito estranhos.

— Ah, mas não sei se é algo que seja tão preocupante.

— Os clientes se preocupam. Isso pode ser prejudicial para a confeitaria.

— Entendi...

— Se você tiver mais informações, peço que me diga.

— Ah, nada de mais... mas sinto que a confeitaria renasceu com a pasta de feijão doce feita por Yoshii-san. Ela faz isso há cinquenta anos.

Sentaro não consegue esperar até a água ferver para colocá-la na xícara.

— Está fazendo sucesso até entre as crianças.

— Ah, imagino que esteja se esforçando.

— Sim, temos muito trabalho.

— Quantos anos ela tem?

— Setenta e poucos anos. E tem muita energia, apesar da idade — responde ele, sorrindo enquanto serve o chá.

— Ela tem uma idade parecida com a minha — diz a senhora enquanto recebe a xícara. — Ah! — exclama, depois de segurar o ar por um segundo.

— O que foi?

— Ela também usou isso aqui?

Sentaro concorda com a cabeça, mas não responde.

— Dizem que é difícil de ser transmitido... mas, olha, isso é grave, Sentaro-san. Imagina se alguém descobre que uma pessoa com lepra trabalha num lugar onde se vende comida.

— Ah, mas... o que aconteceu com os dedos foi uma sequela da doença que a acometeu quando jovem. Ela já está curada faz tempo.

— Imagino que isso seja o que ela disse para você. Sentaro-san, mas você sabia que, em casos mais graves, os dedos podem cair?

— A Yoshii-san tem dedos.

— E onde ela mora?

Tentando conter a agitação, Sentaro vira de costas e coloca a mão no peito. O bloco de anotações em que Tokue anotou seu endereço está na estante que fica no fundo da cozinha. Ele o pega e mostra para a senhora.

Ela fecha os olhos.

— O que foi?

A senhora baixa a voz, apesar de não ter ninguém lá além deles.

— Esse endereço é onde os leprosos são mantidos. É um sanatório.

O homem coloca as mãos na mesa. Sem falar nada, olha para o que Tokue escreveu. *É isso mesmo*, pensa Sentaro. Quando viu o endereço de Tokue pela primeira vez, algo o deixou desconfiado. Mas ele não sabia o motivo. De fato, já ouviu rumores de que naquela cidade há um sanatório.

— Essa letra ondulada.

— Mas... ela já está curada.

— Não sei como é agora, Sentaro-san. Mas antigamente era uma doença fatal. Testemunhei isso quando criança. As pessoas ficavam andando dentro das áreas dos templos. Algumas tinham rostos horríveis. Pareciam fantasmas. Aí, o centro de saúde veio higienizar depois.

— Mas, senhora... — Sentaro pega a xícara que ela devolveu e a leva para a pia. — Sei que estou sendo insistente, mas as coisas começaram a melhorar aqui graças a Yoshii-san. Ela vem bem cedo para me ajudar no preparo da pasta de feijão doce.

A senhora olha rapidamente para o *sawari* que está no fogão e a panela onde o *azuki* está de molho.

— Entendo. Mas se essa pessoa que me contou isso sair falando para os outros, será o fim da confeitaria. E se aparecer outra pessoa com essa doença e a loja se tornar o foco de transmissão...

— Quem contou isso para a senhora?

— Eu não posso te contar. — A senhora se cala e olha para o rosto dele. — E como você está? Convivendo com ela? Pode ser que se contamine.

Sentaro só consegue piscar os olhos, direcionando o olhar para o *azuki* de molho.

— Olha só... como era o nome dela? Yoshii-san? — A senhora começa a falar como se quisesse encerrar a conversa. — Pode dar um bom dinheiro para ela. Mas precisamos que ela pare de trabalhar aqui. Porque ou ela para ou vamos falir.

— E como faremos com a pasta de feijão doce?

— Você mesmo pode fazer. Você andou fazendo junto com ela, então já sabe como fazer, não?

Será? Sentaro não se sente confiante. Ainda se surpreende com a postura de Tokue em relação ao *azuki*. Tem algo de diferente na essência.

— Me responda, Sentaro-san. Você não consegue fazer a pasta de feijão doce sozinho?

— Não é essa a questão.

— Então qual é a questão?

— Yoshii-san e eu fizemos com que essa confeitaria prosperasse. Tem vezes que temos filas gigantes. Há crianças que contam com a presença dela aqui. E a senhora me diz para mandá-la embora?

— Eu não estou dizendo isso por ser insensível. Não tem outro jeito. Estamos falando de uma doença, e uma doença grave. Muitas pessoas já perceberam.

A senhora tinha um argumento. Sentaro não rejeita o pedido dela de cara, mas não se esquece de dizer:

— Por favor, me dê um tempo.

A senhora parece contrariada.

— O combinado era eu entrevistar junto quando fosse contratar um ajudante — diz, querendo pressionar. — Me dê aquilo.

Ela aponta com o queixo para um canto da cozinha. É um spray de álcool usado para desinfetar a cozinha.

Sentaro o entrega para ela, que borrifa o líquido sobre as mãos. As gotas minúsculas do álcool pairam no ar da cozinha e caem até sobre o *azuki* que Tokue deixou de molho.

— Entendo você, Sentaro-*san*. Não falo isso por prazer. Mas dizem que devemos ser justos antes de sermos generosos, não é? Meu marido confiou a confeitaria a você. Sentaro-san, você é o gerente daqui. Peço que não seja influenciado pelas emoções e mantenha-se firme. Além do mais, você ainda tem uma dívida conosco.

Sentaro não balança a cabeça em concordância, mas olha para baixo. E não levanta a cabeça até a senhora ir embora.

NAQUELA NOITE, SENTARO NÃO consegue dormir.

Inusitadamente, ele entra na cama sem tomar uma bebida alcoólica e fica olhando para o teto escuro. Depois de um tempo, percebe que não sabia nada sobre a hanseníase. Já que não consegue dormir, sai das cobertas e acende a luz da mesa que fica no canto da parede, onde há um computador coberto de poeira. Liga a máquina antiga e se conecta à internet de forma analógica usando um cabo. Depois digita "hanseníase" no site de busca.

Muitos artigos surgem no monitor. Sentaro não sabe por onde começar a ler. Ele também não quer ver fotos cruéis de pacientes. Mas precisa continuar. Então olha primeiro os títulos. Os assuntos dos artigos são variados. Dados históricos da doença, explicações médicas, o esforço daqueles que lutaram contra o encerramento das vacinações preventivas, histórias tristes e felizes relacionadas ao tema, artigos de jornais sobre essas histórias, o site do Ministério da Saúde etc.

Sentaro escolhe alguns sites e começa a olhar pouco a pouco. Acha difícil, pois todas as matérias têm termos médicos, mas consegue as informações que quer pegando as partes que entende e juntando uma na outra.

Primeiro, as pessoas que estão nos sanatórios são as que conseguiram se curar. Não há mais pacientes. Mesmo que a doença ressurja, o tratamento atual a curaria e não há como originar uma nova fonte de transmissão. Como a taxa de transmissão é baixa, não há histórico de pessoas da área da saúde que foram contaminadas. Na época em que a saúde ambiental era ruim e não havia tratamentos, essa doença foi considerada incurável, e as pessoas afetadas foram colocadas em quarentena por lei. Uma das consequências da hanseníase é que os extremos do corpo caem, o que acabou gerando preconceito. Mas isso só acontecia com aqueles que ficaram muito tempo sem tratamento, e, se ele fosse adequado, não havia nenhuma sequela.

Após ler algumas matérias que escolheu, Sentaro desliga o computador. Ele viu várias fotos que o fizeram querer desviar os olhos, mas se sentiu aliviado em relação a Tokue. Mesmo que ainda houvesse sanatórios, não há mais pacientes. Não há pessoas com a doença.

Estava convicto de que, mesmo que Tokue tenha sido vítima dessa doença, como a dona da confeitaria suspeitou, hoje em dia não havia mais nenhum problema. Tokue, inclusive, disse que contraiu a doença quando jovem. Já se passou muito tempo desde a sua cura.

Sentaro sente fortemente que não há motivos para demitir Tokue. Mas o que faria agora?

Deveria imprimir algumas matérias da internet e levar para a senhora? É uma doença que foi erradicada no Japão. Não é possível que uma pessoa como ela, que já se curou décadas atrás, seja fonte de transmissão. Será que deveria explicar dessa forma? Não sabia se essa abordagem direta funcionaria com a dona, e Sentaro fica inseguro. Mesmo se dissesse que, do ponto de vista médico, não era uma doença a se temer, isso não quer dizer que os dedos da mulher voltariam ao normal. As pessoas olhavam para isso. Talvez isso não vá acalmar a vontade da senhora de expulsar Tokue da confeitaria.

Então, o que fazer?

Considera pedir para que Tokue fique afastada da confeitaria primeiro. Talvez exista alguma forma de fazer isso. Poderia dizer que é um trabalho temporário, dessa forma poderia pedir que ela ensinasse novamente a receita da pasta de feijão doce apenas quando precisasse. Talvez funcionasse. Daria para enganar a dona dessa forma e ele só precisaria se esforçar para conseguir fazer uma pasta parecida com a dela.

Mas, pensando mais sobre o assunto, ele não se anima com a ideia também. Mesmo sendo uma despedida falsa, não saberia como justificar o motivo da demissão para Tokue. Além disso, o próprio Sentaro também queria ir embora dali. Será que precisaria se apegar tanto àquele local e ainda ter que passar por um problema desses?

Não conseguindo organizar os pensamentos, Sentaro continua a observar o teto escuro.

13

No final, Sentaro não consegue decidir o que fazer.

Ele continua em pé diante da chapa de ferro, incapaz de tomar posição sobre a demissão de Tokue e o futuro da confeitaria. Mas também não mudou seu comportamento com relação à senhora. Resolve guardar para si o que a dona lhe disse e o que descobriu sobre a hanseníase na internet. Mas não consegue se livrar da ansiedade que deixa seu estômago pesado. É uma questão de tempo até a senhora voltar a reclamar. E, quando isso acontecer, como convencê-la?

Sentaro sente uma preguiça. Talvez peça demissão junto. Parece irresponsável da parte dele, mas ele pensa nessa hipótese também. Então o rosto quadrado do chefe anterior vem à sua mente.

— Eu te ajudo com a parte financeira, então venha me ajudar.

O ex-chefe abordou Sentaro em um *pub*, onde ele estava trabalhando depois de sair da prisão. Ele foi preso por ter burlado a lei de controle da maconha. Era seu primeiro crime, mas estava envolvido na venda também. Não era o principal culpado, mas possuía conexão com grupos criminosos e recebia benefícios financeiros. Isso teve influência em sua sentença, mas não sofreu suspensão. Acabou pegando dois anos de pena. Mas ele não dedurou alguns nomes, mesmo depois de uma rigorosa investigação. Um dos nomes era do seu ex-chefe. Era um homem simples que tinha relações superficiais com grupos criminosos, mas, para Sentaro, era uma pessoa que tinha certo calor humano.

— Obrigado por me proteger — disse o homem para Sentaro.

Mesmo estando no meio da rua, seu ex-chefe chorou copiosamente quando ele decidiu ajudar no Doraharu. E os dois beberam até de manhã.

Os anos de bebedeira levaram o ex-chefe à cirrose. Seu rosto era da mesma cor da massa do *dorayaki* que assava. No final, estava vomitando sangue enquanto escolhia o sapato para ir ao hospital e faleceu no local, devido à ruptura de uma veia. Isso aconteceu no terceiro ano em que Sentaro estava ajudando na confeitaria.

Depois do velório, a senhora foi lhe pedir para que ele continuasse na confeitaria. Seu marido lhe pedira para deixar as coisas com Sentaro se algo acontecesse, falou a senhora, juntando as mãos dele nas suas enquanto chorava.

É certo que sua vida instável pós-prisão foi salva pelo casal. Pensando dessa forma, não havia outra solução senão continuar na confeitaria até quitar a dívida. Sentaro sabia muito bem disso.

Ele solta um suspiro, parado ao lado da chapa de ferro. Se eu fizer isso, tal coisa vai acontecer. Se eu fizer tal coisa, isso vai acontecer. Ele já não era grande coisa, de qualquer jeito.

Sem encontrar uma resposta, Sentaro continua fazendo o que sempre fez. Assa as massas do *dorayaki*, passa a pasta de feijão doce e sorri para os clientes de forma superficial. Como seu falecido chefe, passa a beber todas as noites.

Finalmente, chega a estação do ano em que a chuva intermitente molha a cidade. As pessoas agora passam com guarda-chuvas nas mãos e usam cardigãs e blusões. A cerejeira de frente à confeitaria passa a deixar as folhas de cores pálidas caírem sem parar.

A mudança vem de repente. E, quando ele percebe, já havia se tornado algo grande.

— Será que é por causa da chuva de outono? — murmura Sentaro para Tokue, enquanto os dois olham para o livro de contas com uma expressão séria.

Precisam ajustar a quantidade de *azuki*. Ou melhor, há um grande estoque de pasta de feijão doce no freezer. Não precisam cozinhar novamente. Por alguma razão, as vendas foram baixas na última semana, e os últimos três dias, piores ainda.

Tokue olha para o céu através da janela de vidro e depois olha em volta.

— Se ao menos o tempo melhorasse.

— Com esse tempo, todo mundo está sem energia — responde Sentaro, tentando concluir o raciocínio para esquecer uma insegurança.

Está claro que houve uma queda nas vendas. Uma queda contínua, como os dias que pareciam escurecer cada vez mais cedo.

— Quando a chuva parar, vamos ficar ocupados de novo.

— Se for um céu azul, sim.

Mas Sentaro está pensando em outra coisa. Ao lembrar do sucesso durante as chuvas em junho, não tinha como aceitar a situação atual. Naquela época, mesmo com o calor e a umidade, conseguiu aumentar as vendas. Mesmo com o tempo ruim, os clientes faziam filas carregando guarda-chuvas. Então, o que será que aconteceu agora? Agora que o tempo está mais fresco é a época certa para o *dorayaki*.

Por outro lado, Sentaro teve outro pensamento a respeito da queda nas vendas. Muitos comércios fecharam nos arredores da confeitaria. Semana passada, o peixeiro que perseverara por tantos anos fechou a loja. Muitas lojas faliram. Qualquer pessoa ficaria desanimada com esse tempo e o céu da cor de chumbo. Ninguém está no clima para fazer compras.

— Pensando bem, eu não tenho comprado nada ultimamente...

Tokue, que estava olhando de forma desatenta para a rua, vira-se com um olhar de quem não havia entendido o que ele disse.

— Yoshii-san, a senhora comprou algo recentemente?

Tokue parece não ter entendido a pergunta que lhe foi feita.

— Compra? — Ela devolve a pergunta.

— Sim, é que não estamos vendendo... e, pensando bem, eu também não estou comprando nada.

Tokue por fim entende o que ele quis dizer e mexe a cabeça em concordância.

— Eu não faço compras — murmura a senhora enquanto se afasta da janela de vidro e dá as costas para ele, indo aos fundos da confeitaria.

NAQUELA NOITE, A DONA da confeitaria volta, depois que Tokue foi embora.

A senhora fica olhando o livro de contas no balcão sem dizer nada. Estica-se e respira fundo.

— Sentaro-san.

Sentaro, que está na cozinha, também se estica.

— Eu te pedi para mandar aquela pessoa embora, certo?

Sentaro concorda enquanto permanece em pé.

— Eu vim aqui perto várias vezes. Não sei por que fiz isso, afinal, eu sou a dona daqui. Mas sei que você tem a sua dignidade também. Mas aquela pessoa continua aqui. Aquela tal de Yoshii-san continua trabalhando aqui.

— Olha, eu entendo a senhora, mas... Yoshii-san já está bem, está curada.

— Se ela está curada, por que continua no sanatório? Por que a deixaram lá?

— Ah, bom...

— Você não checou?

Sentaro não sabe o que dizer.

— Quero uma explicação. Ainda não perguntou para ela? Você não checou se é hanseníase ou não?

— Não...

— Eu não acredito! — A voz estridente da mulher estremece o ar da confeitaria.

— Espere um pouco, senhora.

— Esperar o quê? Já esperei demais.

— Olha, acho que Yoshii-san teve hanseníase... mas ela está curada e é igual a uma pessoa normal.

— Mas é óbvio que ela não é normal. Os dedos dela são tortos.

— É uma doença que já foi erradicada no Japão. Por isso, não há pacientes nos sanatórios.

— O que está dizendo? Como alguém que nem médico é pode dizer uma coisa dessas?

— Então, a senhora diz que devo demitir uma pessoa por conta de uma doença que teve no passado e que já está curada?

— Nós vendemos alimentos! Existe uma coisa chamada imagem. Acha que pode colocar uma pessoa que amedronta os clientes para trabalhar aqui?

A mulher passa a mão no rosto vermelho.

— Não queria dizer isso, mas você sabe que conseguiu seguir com a sua vida por trabalhar aqui na confeitaria. Quem foi que te ajudou quando estava encurralado? Espero que não esteja pensando que essa confeitaria é sua, Sentaro-san. Se você não vai demiti-la, a única opção que tenho é mandar você embora, sabe disso, certo?

— Olha... bem...

— Meu marido e eu começamos a confeitaria. Eu sou a dona.

— Senhora.

— Eu sei que não está fácil para você também, mas o que está acontecendo com essas vendas? Como diminuíram tanto depois de chegar até aqui? Será que não é porque as pessoas ficaram sabendo que está trabalhando com uma pessoa doente? Se for, é o fim dessa confeitaria.

— Não, se fosse isso, eu já teria ouvido das pessoas. Senhora, deve ser por conta deste longo período de chuvas. A situação econômica não está boa, e ainda vem essa chuva...

— Quero que a demita, entendeu?

A senhora puxa o ar com força e morde os lábios. Os dois ficam em silêncio por um tempo. Aparentemente, ela está esperando uma resposta de Sentaro. Mas ele não diz nada, e ela parece ficar impaciente.

— Conto com você — diz a mulher, saindo da confeitaria.

14

Grilos zunem embaixo da cerejeira. É possível ouvir os passos das pessoas que cruzam o caminho, um por um, de forma clara. É uma noite silenciosa de outono, e faz um tempo que as estrelas não brilham igual a hoje.

O fogo da chapa de ferro já está apagado, mas Sentaro está suando pela testa.

— Não vai mudar de opinião?

— Sim — concorda Tokue, ainda sentada na cadeira.

— Tomei essa decisão pois já estou no meu limite.

— Mas, então, a senhora poderia vir uma ou duas vezes por mês?

— Acho que não...

— Eu ainda não terminei de aprender sobre a pasta de feijão doce que a senhora faz.

Dá para ouvir pessoas conversando atrás do portão entreaberto. Parecem ser estudantes que estão indo para casa após as aulas extracurriculares.

— Acho que está fechado. Deixa para lá — diz uma delas.

Uma perna vestindo uma saia curta aparece sob o portão.

— Já encerramos por hoje, me desculpe — diz Sentaro.

— Ah, que pena. — É possível ouvir isso junto com os passos das jovens que foram embora.

— São as meninas que treinam tênis. — Tokue sorri com os olhos, mas logo fica cabisbaixa. Suas mãos cruzadas estão sobre o avental em seu colo.

— Elas também sentem o mesmo. Seria legal se pudesse vir se divertir com elas de vez em quando.

Tokue balança a cabeça.

— Mas por quê, Yoshii-san? — pergunta Sentaro.

— Eu acredito que... as vendas não foram boas por conta do meu passado.

— Não acho... que tenha sido isso.

— Eu acho que foi sim.

— Mas não dá para ter certeza.

— Estou curada faz quarenta anos.

Sentaro queria pedir para que ela não fosse embora, e acha que deveria dizer isso. Mas as palavras não saem. O rosto da senhora aparece em sua mente. Tokue lança um olhar para o homem, como se estivesse preocupada com ele, que ficara quieto.

— Está tudo bem, senhor gerente.

— Eu não consegui fazer como queria. Era minha responsabilidade.

Tokue pega o avental de seu colo e o segura na ponta com os dedos tortos.

— Responsabilidade do quê?

— Yoshii-san.

— Sim.

— Sinto que não deveria perguntar isso de forma direta, mas... a sua doença foi a hanseníase?

— Foi, sim. Eu também deveria ter te contado antes.

— Ah... — diz Sentaro, mas não consegue continuar falando.

— A sua vida acaba quando recebe esse diagnóstico. Antigamente, as pessoas pensavam assim.

Sentaro observa os dedos de Tokue segurando o avental.

— Diziam que as pessoas que contraíram hanseníase fizeram coisas erradas na vida passada. Se uma pessoa ficasse doente, a polícia, o centro de saúde, todos vinham e faziam uma grande higienização. As famílias que tinham casos entre seus membros também sofriam. Era algo que envergonhava as pessoas.

— Mas a senhora se curou, não foi, Yoshii-san?

Tokue confirma de forma clara.

— O remédio veio dos Estados Unidos. Mas o remédio trouxe sequelas, como o que aconteceu com a minha mão.

— Eu andei pesquisando, mas esse isolamento... foi realmente completo?

— Ah, você pesquisou?

Uma das sobrancelhas de Tokue se move.

— Sim, na internet.

— Bom, isso se chamava isolamento compulsório. Não podíamos sair do local pelo resto da vida. Faz pouco tempo que a lei que impunha isso foi revogada.

— Desculpe ser insistente, mas a senhora e a doença...

— Faz mais de quarenta anos que foi provado que eu não possuía mais a bactéria. Mas vir até a cidade assim não era algo permitido. Quando descobri que estava doente, eu ainda era… — Ela se cala após dizer isso, levanta o avental e o aperta contra os olhos.

— Me desculpe, Yoshii-san.

— Eu ainda tinha a idade das jovens que frequentam aqui…

Sentaro não consegue mais olhar nem para o colo de Tokue, então, volta o rosto para o chão da cozinha.

— Yoshii-san…

— Desde então, vivo dentro dos muros.

— No sanatório?

— Sim, no Tenshoen.

Ele percebe que esse nome era do sanatório do qual ele havia ouvido falar algumas vezes. Sabia mais ou menos onde ficava, mas nunca fora até perto.

— Não é muito perto daqui. Como a senhora fez para chegar aqui nos horários em que ainda não havia ônibus?

— Vamos deixar isso para lá… senhor gerente.

— Veio de táxi?

— Deixe para lá.

Tokue sorri um pouco.

— A senhora pegou táxi… com aquele salário? Me perdoe por isso.

— Não tem problema. Me diverti muito.

— Mas…

— Mas é verdade. Eu já estava conformada de que não iria sair dali. Mesmo assim, pude vir aqui, conhecer muitas pessoas. Tudo porque o senhor me contratou.

Sentaro balança sua cabeça freneticamente.

— Foi a senhora que me ajudou.

— O que está dizendo, senhor gerente? Eu já sou uma senhora de idade. E, ainda por cima, minha mão está desse jeito. Também tenho paralisia no rosto. E, mesmo assim, me contratou. Me deixou interagir com aquelas lindas crianças. Sempre quis ter um trabalho como este, por isso, estou muito satisfeita. Eu já estava para pedir para sair de qualquer jeito. Ando cansada ultimamente, mas foi bom. Muito obrigada — diz Tokue enquanto enxuga as lágrimas com o avental e baixa a cabeça cheia de cabelos brancos.

— Eu é que agradeço.

— Então, vou indo.

A mulher olha para dentro da confeitaria enquanto ainda está sentada na cadeira e depois para o prato onde estão as massas que saíram com defeito. Dobra o avental, deixa-o sobre a mesa de preparo, coloca sua echarpe na bolsa e se levanta.

— Mande minhas lembranças para Wakana-chan e as meninas.

— Se elas vierem, eu mando sim.

Tokue abre a porta dos fundos e sai da confeitaria. Sentaro fica ao seu lado como se quisesse ficar próximo. Ao sair, a cerejeira iluminada pelas luzes da rua vem aos seus olhos.

— Na primeira vez que vim aqui, ela estava cheia de flores. Agora, está bem desolada.

— O vento está ficando gelado.

— Será que conseguirei ver as flores da cerejeira ano que vem?

— Claro que sim. Yoshii-san, por favor, me ensine novamente a fazer aquela pasta de feijão doce.

— Muito obrigada — A senhora não responde ao pedido, mas sorri e agradece novamente.

— Eu que agradeço por tudo.

— Já está bom por aqui — diz Tokue, parando Sentaro com a mão, pois parece que ele quer acompanhá-la.

Ele continua olhando a mulher ir embora pelo caminho escuro até o outro lado da rua. Pela primeira vez, ao olhar as costas dela, nota quão pequena ela é. Quem pediu para sair foi Tokue. Ele apenas aceitou o fato. Mesmo assim, Sentaro sente como se tivesse mandado sua própria mãe embora.

Ainda pálido, Sentaro volta para a cozinha. No canto do balcão, há um spray desinfetante. Ele vai direto até o frasco e o joga contra o portão fechado.

15

A ESTAÇÃO DO ANO AVANÇA um pouco. Por mais que Sentaro varra, as folhas da cerejeira se acumulam na frente da confeitaria. As pessoas passam na frente da árvore, cujos galhos estão claramente nus, sem parar no Doraharu.

Sentaro está de ressaca e observa a cena com a cabeça pesada. Ele passou a consumir mais álcool e a ser o primeiro cliente até de bares que nunca havia frequentado. Não fazia arruaça, mas segurava o copo até trançar as pernas. Obviamente, depois acordava com uma sensação ruim. Enquanto estava deitado, palavras que o torturavam surgiam em sua mente e isso o pressionava fortemente.

Depois de um tempo, não conseguia mais se organizar para preparar a pasta de feijão doce a tempo. O que era feito às seis horas, passou a ser feito às sete, oito, nove... Alguns dias ia para a confeitaria apenas na hora do almoço. Não havia sinal de que os clientes voltariam. Parecia que tudo a sua volta o rejeitava, incluindo a cerejeira, que parecia estar se distanciando da confeitaria.

— Outro dia, senti cheiro de queimado — reclamavam abertamente os clientes fiéis que ainda frequentavam o local.

Chegou até a pensar que deveria se livrar de si mesmo, um grande lixo, muito mais do que dos *dorayaki* que saíam defeituosos. Se deixasse se levar pelo impulso, seria capaz de fazer isso. Apesar de pensar nisso de vez em quando, não o faria de fato. Nada o entusiasmava a ponto de se tornar uma ação. Apenas ficava apático, observando o mundo e mexendo apenas os olhos.

WAKANA-CHAN APARECE DEPOIS DE um longo tempo, numa noite em que o vento está balançando os galhos da cerejeira. Sentaro está desligando o fogo da chapa de ferro, preparando-se para fechar a confeitaria.

Ela surge vestida com um casaco de meia-estação e carrega algo bem grande, que chega a esconder a parte superior de seu corpo. É tudo que Sentaro consegue ver, e a menina coloca essa coisa, que parece uma caixa envolta em um pano fino verde, em cima da cadeira do balcão.

— O que é isso?

— É...

— Já encerrei aqui.

— Sim — diz Wakana-chan, que parece não querer ir embora.

Sentaro pega um *dorayaki* em seu pote de armazenamento e entrega para a garota.

— Não fique em pé, sente-se.

— Me desculpe — murmura Wakana-chan. — Ah, então... a Yoshii-san não está mais aqui.

— Sim.

Ela olha para o *dorayaki* e depois para Sentaro.

— O que foi?

— Eu... não sei como dizer isso... mas estou sem dinheiro.

— O quê? — responde Sentaro, dando risada. — Não se preocupe, a confeitaria já está fechada.

— Me desculpe.

Wakana-chan parece querer ir embora, mas abaixa a cabeça e pega o *dorayaki* com ambas as mãos. Sentaro coloca mais um no prato.

— O que é esse pacote?

Wakana-chan está tentando colocar o *dorayaki* na boca, mas encolhe o pescoço.

— É isso aqui.

— O quê?

— Isso aqui é o meu problema... e, por isso, fugi de casa.

— Fugiu de casa?

Wakana-chan sinaliza que sim com a cabeça e estica a mão na direção do objeto.

— Isso aqui é uma cortina, na verdade.

A cortina é removida e surge uma gaiola. Algo de cor amarela e vibrante se mexe.

— Ele não tem para onde ir.

— Um canário?

— O nome dele é Marvy. Acho que é um canário amarelo. Eu vim pedir uma ajuda por causa dele.

Sentindo que logo teria mais um problema, Sentaro já fala:

— Você ficou um bom tempo sem vir e agora quer me pedir um favor?

— É algo que eu tinha combinado com a Yoshii-san.

— O que você combinou?

— É que... — diz ela, relutante, olhando para a gaiola.

— Não vai me dizer que vai pegar esse pássaro e...

— Eu acho que ele foi atacado por um gato. Isso foi há mais de seis meses, mas eu o encontrei se debatendo, todo ensanguentado, na rua. Não podia deixá-lo lá, então o levei para casa. Passei remédio na ferida dele todos os dias e, aí, ele acabou se curando. Achei que ele iria morrer, mas acabou se recuperando.

— Que bom.

— Mas... — diz Wakana-chan, colocando a mão na gaiola. — Descobri que ele é macho, então, quando se curou, começou a piar de vez em quando. E isso foi um problema.

— Por quê?

— Eu moro em apartamento, e lá animais não são permitidos. Minha mãe disse para eu soltá-lo antes que o vizinho contasse para o síndico. Não sei se foi por conta do machucado, mas a asa dele ficou travada e ele não consegue voar direito. Tentei soltá-lo no quarto, mas ele cai depois de voar um pouco. Minha mãe me diz para soltá-lo todos os dias, desde o verão. E o tempo vai esfriar agora. O clima vai ficar rigoroso. Acho improvável que um canário sobreviva na rua. Não sei se consigo soltá-lo sabendo disso.

Sentaro fecha a torneira depois de encher um copo de água e a toma como se estivesse bebendo algo amargo.

— E o que você quer pedir?

— Eu senti que isso aconteceria, então, eu havia consultado a Yoshii-san aqui.

— Aqui?

— Sim. Foi... quando o senhor estava doente do coração.

— Doente do coração?

— A Yoshii-san que disse isso.

Devia ser de quando ficou ausente no final da época da chuva. Sentaro coloca a mão na testa.

— E o que a Yoshii-san disse?

— Ah... que quando eu não pudesse mais cuidar dele, que o senhor poderia ficar com ele.

— Eu?

— Sim.

O canário bate as asas dentro da gaiola. Salta como se fosse desenhar um triângulo e solta um piado abafado. Não é o som de canário que Sentaro conhece. Talvez seja porque estão numa estação do ano na qual eles não cantam.

— Que mancada da Yoshii-san. Sinto muito, mas eu também moro em apartamento. Também não posso ter animais em casa.

— A Yoshii-san disse isso também. Ela disse que qualquer coisa o senhor poderia deixá-lo aqui na confeitaria.

— Ela disse isso?

— Sim.

— Que irresponsável.

Sentaro fica com vontade de mostrar seu descontentamento na frente de Wakana-chan.

— Não dá para ter animais aqui... eu não sou o dono. Além do mais, ter animais em um lugar onde se vende comida não é certo.

— Ah, é?

— Acho difícil.

A garota fica decepcionada. Seu queixo está caído, e ela olha para o canário dentro da gaiola.

— Wakana-chan, você sabe por que Yoshii-san saiu da confeitaria?

O que estava dizendo para uma estudante do ensino fundamental? Ele deveria retirar o que disse naquela hora. Fica indeciso por um tempo, mas não consegue evitar que palavras saiam da sua boca.

— Wakana-chan, você já perguntou isso para ela. Sobre o porquê de os dedos dela estarem daquele jeito.

Os olhos da menina, que estavam olhando para o canário, se movem para os lados.

— Sim — concorda Wakana-chan.

— Yoshii-san disse que havia ficado doente quando jovem, certo?

— Sim.

— Foi naquele dia que você percebeu os dedos da Yoshii-san? Ou já havia percebido antes?

Wakana-chan direciona seu olhar para ele.

— Eu já havia reparado.

— Então por que perguntou para ela?

Piu, piu, piu, fez o canário.

— Porque achei que seria melhor assim.

Os olhos serenos dela recebem uma luz suave e se arregalam.

— Entendi, mas a Yoshii-san... ela estava preocupada porque as vendas caíram, e pensou que era culpa dela.

— A doença se chama hanseníase, não é?

Sentaro concorda em silêncio.

— Como descobriu?

— Eu contei sobre a mão dela para uma pessoa.

— Para quem?

Wakana-chan olha para o *dorayaki* no prato e levanta a cabeça bem devagar.

— Para minha mãe.

O vento assopra lá fora. As folhas que caem na janela de vidro fazem um som de batida.

— Para sua mãe?

— Sim. Aí, minha mãe veio aqui sozinha, durante o dia...

— E?

— Se for de ônibus até lá na frente, tem um sanatório de hanseníase. Ela disse que poderia ser alguém dali... e, aí, ela me proibiu de vir aqui.

A gaiola parece apertada e o canário começa a voar em círculos. As folhas de cerejeira caem uma atrás da outra.

Ah... então foi isso... Sentaro se esforça para não mudar a expressão facial, mas não consegue conter as palavras.

— Será que ela contou para alguém sobre a doença de Yoshii-san?

— Não sei. Mas, como ela trabalha de noite, talvez tenha contado enquanto estava embriagada. Talvez para algum senhor.

Wakana-chan observa inerte o interior da cozinha.

— Não foi só sua mãe...— Sentaro murmura. — De fato, algumas pessoas olhavam para Yoshii-san assustadas. E agora estamos com poucos clientes. Acho que a fofoca se espalhou.

— Que maldade — diz Wakana-chan, como se aquilo não tivesse nada a ver com ela.

Sentaro pensa no que responder, mas descarta várias palavras que quase saíram de sua boca.

— Acho que o mundo é assim. Por isso, não posso deixar esse canário aqui. Muita gente tem medo da gripe aviária. Dez anos atrás, talvez fosse possível, mas as pessoas não iriam gostar de ver um pássaro num restaurante agora.

— Será? — Wakana-chan passa os dedos na grade da gaiola. Marvy voa. — Acho que alguns clientes viriam só para ver o canário.

— Não é simples assim — responde Sentaro, balançando a cabeça.

Wakana-chan abaixa a cabeça.

— Apesar disso...

— Sim?

— Eu falei como se não fosse meu problema, mas... sobre o que aconteceu... eu sou pior que as pessoas por aí.

Wakana-chan não diz nada e continua passando os dedos na grade da gaiola. O canário dá um salto e bica levemente o dedo dela. A garota puxa o dedo e finalmente olha para Sentaro.

— Não protegi Yoshii-san depois que ela disse que pararia de trabalhar.

— Como assim?

— Ela me ensinou como preparar aquela pasta de feijão doce do zero.

Há um silêncio e depois Wakana-chan murmura.

— Não entendi muito bem, mas você pode fazer tudo de novo.

— Fazer de novo?

— Sim.

— O quê?

— O senhor está assim porque se sente de outra forma, não é?

— Bom...

Desta vez, é Sentaro que fica cabisbaixo.

— Faz de novo.

— Não é fácil assim...

— O senhor tem o telefone da Yoshii-san? — Wakana-chan ajeita a postura.

— Não tenho o telefone, mas sei o endereço — responde Sentaro depois de ser pressionado.

— Naquela vez, a Yoshii-san disse que, se o senhor não pudesse me ajudar, que ela poderia cuidar dele.

— É verdade?

— Sim. Ela me disse isso no dia em que vimos a Lua juntas. A lua cheia estava aparecendo por cima da cerejeira aqui da frente da confeitaria. Ela me convidou para ver pois era muito bonito... e aí conversamos enquanto admirávamos a Lua. Disse que era uma promessa entre Yoshii-san, a Lua e eu.

— Uma promessa com a Lua... mas é bem provável que Yoshii-san esteja morando num sanatório.

— Então, podemos escrever uma carta.

Uma empolgação surge no rosto de Wakana-chan. Ela olha para Sentaro com seus olhos marejados.

No final, ele fica com o canário até receberem uma resposta de Tokue. O homem leva o canário para o seu apartamento, rezando para que nenhum morador o dedure para o síndico.

16

Um arbusto de azevinhos se estende até onde a vista alcança. Há uma placa para "Tenshoen" e "Museu Nacional da Hanseníase" no cruzamento da avenida principal, onde muitos carros passam, com uma estrada escondida. Dali para a frente, na parte leste da estrada, há um bairro residencial. O verde dos azevinhos parece acompanhar a cidade e delimitá-la.

Sentaro leva Wakana-chan consigo, e aparentemente os dois são os únicos transeuntes ali. A cerca de azevinho, que parece não ter fim, faz o homem se lembrar do lugar onde ficou encarcerado. Dá para ouvir o canto dos pássaros, e Marvy começa a piar como se estivesse respondendo a eles.

— Essa cerca não tem fim.

— Essas folhas são chamadas de azevinho, não são? — diz a garota.

— É coisa de Natal.

— Parece que colocaram isso para que os pacientes não fugissem.

— Isso é coisa do passado, não?

— Mas ela ainda está aqui.

Wakana-chan também pesquisou um pouco na internet. Agora possuía algum conhecimento sobre o plano de isolamento para os pacientes com hanseníase em vigor no passado.

Andando ao lado da cerca, Sentaro pega nos dedos uma das folhas de azevinho. Ela pinica e machuca. Por conta da dor, ele acredita que lá é pior do que os altos muros que o aprisionaram. Em alguns lugares não há azevinho, como se fosse a entrada destinada para pessoas de fora. Há muitas árvores nesses locais e não é possível ver o que há por trás. Os dois andam bastante, seguindo a cerca. Finalmente, veem o portão do Museu Nacional da Hanseníase.

Eles vieram por um caminho deserto, mas a entrada do centro de pesquisa é ainda mais silenciosa. A luz solar filtrada pelas árvores rodeia o entorno do prédio. A quietude do local se destaca mais ainda com essa luz e sombra silenciosas.

Na frente do museu, há uma estátua de uma mãe e seu filho em trajes peregrinos. Será que a mãe ficou doente? Ou será que ambos ficaram doentes? Provavelmente, no passado, alguns pais e filhos tiveram que deixar suas cidades natais e perambular em locais desconhecidos. Talvez essa estátua tenha sido feita para acalentar esses espíritos. Sentaro fica tenso ao perceber o quanto esse lugar era terrível.

Há um mural ao lado do estacionamento do museu que indica o que há dentro do espaço. Combinaram de se encontrar com Tokue na loja. Ao ver a placa, percebem que a loja fica no meio do recinto e que há um salão para reuniões e uma casa de banho. Há uma divisão bem-organizada das residências e cada uma tem um nome como "*Reimei*" ou "*Myojo*".[1]

— Chegamos cedo — aponta Wakana-chan.

Sentaro olha então para o relógio. Ainda há muito tempo para o horário marcado com Tokue.

— Então, vamos andar um pouco.

— Sim.

Apesar de ter concordado, Wakana-chan parece hesitante, e Sentaro nota isso porque também está se sentindo assim. É um mundo que, até pouco tempo, parecia completamente fora de seu universo e, agora, está bem diante deles.

A lei de prevenção da hanseníase foi revogada em 1996. Nesse ano, os pacientes que estavam curados da hanseníase passaram a ter acesso ao direito de ir e vir. Ao mesmo tempo, as pessoas saudáveis, que não podiam passar da cerca de azevinho, agora podiam entrar livremente no espaço. Mas não é possível esquecer que, nos últimos cem anos, este lugar prendeu pessoas e não permitiu que tivessem acesso ao mundo lá fora. Sentaro sente os arrependimentos e suspiros das pessoas enraizados no fundo deste silêncio singular.

---

1 *Reimei* significa "amanhecer", enquanto *myojo quer dizer* "estrela da manhã" ou "Vênus". [N. T.]

Os DOIS PASSAM PELA lateral do museu e seguem por um pequeno caminho que cerca o espaço. Mesmo com as folhas caídas, as cerejeiras plantadas em ambos os lados do acesso continuam lindas. A paisagem deve ser maravilhosa na primavera.

Mas não há ninguém. E, a não ser pelo canto dos pássaros, eles não ouvem nada.

— Que silêncio — menciona Sentaro, mesmo sabendo que é algo óbvio.

— Parece que estão com medo — diz Wakana-chan.

Os dois se sentam num banco perto das cerejeiras. Sentaro coloca a gaiola do canário no chão e olha ao redor do espaço deserto. Há casas térreas idênticas perfeitamente alinhadas. Ele olha para as moradias como se aquilo fosse algo muito distante da realidade dele, como se fossem casas de um vilarejo ou alojamento militar de um outro país.

Os dois permanecem em silêncio até que uma bicicleta surge lá longe. A pessoa vem pedalando pelo caminho que há desde aquelas árvores do outro lado, atravessando todo o espaço do jardim. Como qualquer pessoa pode entrar agora, poderia ser algum morador da vizinhança ou algum antigo paciente deste lugar.

A bicicleta se aproxima. É um senhor de idade, vestindo um chapéu com viseira. "*Como será o seu rosto?*" pensa Sentaro imediatamente. Ele não sabe se deve tentar ver o rosto do homem ou não. Wakana-chan olha para baixo, já Sentaro levanta o rosto. Quando o senhor cruza o caminho, eles se entreolham. O homem tem um rosto normal, com um nariz e sem nenhum sinal de paralisia. Mas ele olha os dois como se isso fosse algo raro.

Sentaro para de olhar a bicicleta que se distancia e pensa no que fez. Por que olhou para o rosto do homem? Não sabe o motivo. Ele apenas sabe que, ao adentrarem o espaço, em direção à loja, vão se deparar com antigos pacientes. Talvez algumas pessoas tenham sequelas mais graves e suas aparências estejam alteradas. Será que ele ainda não está pronto para encontrar essas pessoas? Não, talvez ele estivesse errado só por pensar que precisa de coragem para isso. Não sabe como agir e também não sabe o que estava sentindo.

— Não sei o que fazer com tanto silêncio...

Wakana-chan direciona o olhar para as casas enfileiradas.

— Então é isso. Não é informação da internet, isso aqui é vida real.

Os dois se sentem emocionalmente sobrecarregados e concordam que o lugar é real.

— Ainda está cedo, mas como Yoshii-san sempre chega antes do horário, podemos ir, vamos?

— Sim.

Os dois se levantam do banco e andam seguindo as indicações da placa. O caminho das árvores contorna toda a parte exterior do Tenshoen. Agora, finalmente, entrariam na área interna, em direção à loja.

Todas as moradias são divididas em casas de três ou quatro famílias. É como os antigos cortiços. Algumas casas estão com roupas estendidas na entrada e outras estão com as cortinas todas fechadas. Tudo está silencioso, e não se ouve sequer o som de televisão ou rádio.

De repente, surge um som que parece vir de uma caixinha de música.

— Ah, olha... — diz Wakana-chan, apontando para algo.

Um caminhão de formato diferente está passando em baixa velocidade do outro lado das casas. A música vem dele. Quando se aproxima dos dois, que agora estão caminhando, vira devagar a esquina e segue em frente.

— Por quê? — pergunta Wakana-chan, expressando o pensamento de Sentaro.

Na parte posterior do caminhão, há um corrimão e três funcionários estão em pé segurando-se nele. Os dois não sabem o que é aquele caminhão, mas a aparência dos homens chama a atenção. Estão vestindo algo que parece uma roupa de proteção branca.

— Por que eles têm que usar roupas assim?

Ao ouvir isso, Sentaro diz a primeira coisa que vem à sua mente.

— Bom, aqui é um sanatório... um hospital... então eles devem ficar preocupados com qualquer tipo de bactéria.

— E o Marvy?

— É verdade, não sei se existem hospitais onde animais são permitidos...

— Mas a Yoshii-san disse que podia ficar com ele.

Sentaro olha novamente para a direção onde o caminhão com as pessoas em roupas de proteção foi. "*Se a hanseníase foi erradicada no Japão, por que seria necessário usar roupas como aquelas?*", pensa ele. Segundo as matérias que leu na internet, não há nenhum registro de alguém da área da saúde que tenha sido contaminado. Então, as pessoas daqui deveriam andar com roupas normais. Será que deveria ter trazido uma estudante do ensino fundamental aqui? Ele começa a se sentir inseguro.

— Ah, tem alguém ali.

Wakana-chan para logo depois de passarem pela casa de banho e o auditório de *shogi*.[2] Lá deve ser a tal loja. O prédio parece um supermercado de uma cooperativa e há algumas pessoas na frente dele, provavelmente conversando.

— Estão dando risada — diz Wakana-chan, descrevendo o que vê.

E, por incrível que pareça, a tensão que Sentaro estava sentido se esvai nesse momento. Ocorre uma estranha mudança: o nervosismo de encontrar os moradores diminui ao vê-los. Como Wakana-chan disse, as pessoas estavam dando risadas e suas expressões eram tranquilas.

Os dois se aproximam da loja e cruzam caminho com essas pessoas. Uma está com bengala, outra em cima de uma bicicleta e uma terceira está com uma sacola de remédios pendurada no braço. Parece que há uma variação em seu nível de saúde. A única coisa em comum é a idade avançada. Umas olham para dentro da gaiola

---

[2] Jogo de xadrez japonês. [N.T.]

de Marvy. Um grupo usa óculos escuros, talvez eles tenham problemas nos olhos.

Sentaro fica ao lado de Wakana-chan para poder ouvi--la mesmo se falarem baixo.

— Acho que eles são da mesma faixa etária da Yoshii-san.

A loja está na frente deles, e a porta está aberta. Não há nada de diferente de um supermercado comum. Do lado direito, há alimentos e itens do dia a dia. Do lado esquerdo, há algumas mesas redondas e, no canto da parede, há uma máquina de venda automática de bebidas.

Na mesa do lado da janela, está Tokue Yoshii, sentada sozinha.

17

Antes mesmo de Sentaro ter tempo de dizer algo, Tokue se levanta devagar. Os olhos da mulher se movimentaram rapidamente, olhando os dois. Piscando apenas um olho, junta a palma das mãos tortas em frente ao peito.

— Yoshii-san.

Tokue abaixa a cabeça assim que Sentaro a cumprimenta.

— Há quanto tempo. Wakana-chan também.

— Há quanto tempo.

— É verdade, não nos vemos há muito tempo. — Tokue se esforça para dar um grande sorriso para Wakana-chan, enquanto abre e fecha as mãos. — Muito obrigada por terem vindo.

— Imagina, nós é que fomos egoístas de pedir isso. — Sentaro levanta a gaiola e mostra o canário. — Pedimos desculpas por trazer algo que vai lhe dar trabalho.

— Que linda cor amarela.

— Acho que é um canário amarelo. O nome dele é Marvy — responde Wakana-chan num tom mais empolgado, contando que realmente não poderia cuidar dele no apartamento. — Eu não achei que ele ia começar a piar.

— No momento, eu estou cuidando dele. É como expliquei na carta.

— Marvy — diz Tokue após olhar para a gaiola.

— Mas... aqui é permitido ter animais?

Tokue balança a cabeça e diz que sim.

— Posso sim. Eu já tive um canário.

— É verdade?

— Ah, que bom.

Sentaro e Wakana-chan ficam aliviados.

— O conselho do bairro que decidiu... cachorros podem morder as pessoas e latem, então não pode. Gatos, podemos ter se for só um e pássaros e animais menores, não tem nenhum problema. Por isso vou cuidar do Marvy-chan.

— Muito obrigado, a senhora nos salvou.

— Mas por que estavam tão preocupados com isso?

Sentaro balbucia um pouco, mas respira uma vez e continua.

— É que, um pouco antes de chegarmos, vimos um caminhão estranho. Atrás dele havia pessoas em pé com roupas que pareciam ser de proteção...

Sentaro olha para o rosto de Wakana-chan como se quisesse validação. E Wakana-chan continua.

— Sim, parecia roupa espacial.

— Aí eu pensei: se eles têm que usar roupas como aquelas, é porque aqui é um hospital. E, se for isso mesmo, será que podíamos realmente trazer um animal?

Sentaro está preocupado com o depois. Talvez aquelas pessoas usem essas roupas porque ainda há chance de contaminação. Mas não menciona nada sobre estar inseguro. Com Tokue na sua frente, não poderia falar isso.

— Ah, aquele caminhão.

— Não é isso que pensaram — diz Tokue, balançando a cabeça para os lados. — Você deve ter ficado preocupado depois de ter visto aquelas pessoas com as roupas pesadas, não é? É verdade. Hoje em dia, as pessoas que fazem obras aqui, o pessoal da limpeza e o pessoal que trabalha no hospital, ninguém usa roupas como aquelas. Aquele caminhão entrega refeições.

— Um caminhão que entrega refeições? — pergunta Wakana-chan.

— Sim. Ele distribui comida. Eles trazem comida de manhã, tarde e noite para as pessoas que precisam. Então, é a mesma coisa que os restaurantes, onde os funcionários também usam roupas brancas. Mas é verdade, só eles usam as mesmas roupas desde antigamente.

— Então era isso.

Sentaro e Wakana-chan se olham.

— Este lugar foi construído há um século. Mas faz pouco tempo que deixaram pessoas como você, Wakana-chan, entrarem aqui livremente. Por isso, ainda há coisas que precisam ser mudadas aqui.

Sentaro percebe só neste momento que as pessoas à sua volta são antigos pacientes de hanseníase e que elas podem ouvir a conversa. Como se sentem ouvindo falar sobre a entrega de refeições? Ele fica um pouco preocupado.

— Então, vou cuidar do Marvy-chan.

— Por favor, contamos com a senhora — diz Sentaro, arqueando o tronco.

— Tudo bem. — Tokue sorri. — Faz exatamente dez anos que meu marido faleceu. Estou feliz de ter o Marvy-chan, pois estava me sentindo sozinha.

— Nossa, a senhora era casada, Yoshii-san?

— Sim, eu não tive filhos, mas era casada.

— É que a senhora nunca mencionou... — Sentaro para, pois sente que há muitas coisas difíceis de perguntar. Tokue percebe isso e continua a conversa.

— Me casei com uma pessoa que conheci aqui. Eu já estava curada, mas meu marido ficou doente por muito tempo. Depois, ele teve uma recidiva... foi uma vida difícil.

— Entendi.

A única coisa que os dois podiam fazer era ouvir as palavras de Tokue.

— Mas falar sobre isso agora...

As pessoas ao redor estão tomando café e chás nas mesas. Mas parece haver olhares direcionados para Sentaro. Ele pensa se é uma coisa boa ou não perguntar sobre a questão da doença.

— Meu marido lutou bastante.

— Ele faleceu por conta dessa recidiva?

— Na verdade, não. Essa doença não é fatal. Mesmo as pessoas que tiveram graves sequelas estão vivas até esta idade, não é? É porque ela não é letal. Meu marido já tinha um coração fraco. Quando achamos que finalmente estava curado, ele se foi de repente.

— Entendi.

— Mesmo morrendo, não podemos voltar às nossas terras natais. Meu marido está descansando aqui no nosso ossário. Por isso, vou vê-lo todos os dias.

Nesse momento Marvy pia um pouco.

— Então, ele pia mesmo — diz Tokue.

— Sim — responde Wakana-chan. — Sim, ele pia. Por isso não posso cuidar dele. Mas minha mãe fala que ele pia muito mais bonito que os canários comuns.

— Ele vai piar melhor quando chegar a época de acasalamento. — Sentaro se intromete e Tokue começa a dar risada.

— Seria uma pena se ele não encontrasse uma parceira.

Tokue aproxima o rosto da gaiola e tenta imitar o piado. Wakana-chan a observa com um pouco de vergonha.

— Que tal pegar mais um pássaro? — murmura Wakana-chan.

— É, talvez mais um. Eu devo dar a ração normal de aves e alface para ele?

— Sim, eu dava vegetais.

— Esse aí come bem.

— Ah, me desculpe. — O nariz de Tokue escorreu enquanto ela estava olhando a gaiola. Ela retira um lenço de papel do bolso. — Acho que peguei uma gripe. Não estou melhorando.

— A senhora já estava bem cansada na época que saiu do Doraharu.

— Sim, estava mesmo, naquela época... me desculpe — diz Tokue após soar o nariz. — Isso seria algo imperdoável no passado. Houve um tempo que diziam que a doença era passada pelos fluidos corporais. Bom, na verdade, isso não era tão errado, mas...

Tokue abre a bolsinha e guarda o lenço rapidamente.

Wakana-chan faz uma pergunta súbita enquanto a observa.

— Quando a senhora veio para cá?

Sentaro tenta contê-la.

— Mais ou menos na sua idade, Wakana-chan — responde Tokue, sem mudar a feição.

— Minha idade?

— Sim. Quando eu era criança... morava no interior. O Japão perdeu a guerra e houve uma época muito difícil. Meu irmão mais velho havia voltado da China, mas voltou tão magro que parecia um fantasma. Não havia comida suficiente para a família. E, no meio disso, meu pai faleceu de pneumonia.

— Não havia remédio? — pergunta Wakana-chan com uma voz mais fina.

Yoshii-san balança a cabeça com um sorriso amargo.

— Era uma outra época.

Marvy começa a piar. O tom da conversa amigável das pessoas que estão tomando chá na outra mesa aumenta de vez em quando. Sentaro e Wakana-chan aproximam os rostos de Tokue.

— Finalmente, meus dois irmãos mais velhos começaram a trabalhar. Eu e a minha irmã mais nova começamos a ajudar numa fazenda. Foi bem nessa época que percebi que poderíamos sobreviver de alguma forma... mas, um dia, eu notei uma parte vermelha e inchada na minha coxa.

Tokue aponta para a perna direita.

— Ficava pensando o que aquilo poderia ser. Minha mãe ficou preocupada e fomos até o hospital da cidade vizinha, mas o médico não descobriu o que era. Voltamos apenas com remédios para casa. Mas aí percebi que a parte vermelha havia aumentado. Também senti que estava perdendo a sensibilidade na sola do meu pé. Não doía nem quando eu beliscava. Nesse momento, achei que algo realmente estava estranho e o médico do hospital nos chamou de volta. Minha mãe e meu irmão mais velho foram comigo...

Parecendo já ter se acostumado com o local, Marvy começa a piar bastante. As pessoas que estão tomando chá na mesa ao lado olham de vez em quando. Toda vez que alguém vai comentar sobre o canário, Tokue pausa a conversa.

— E aí me disseram para vir aqui ao Tenshoen. Eu não sabia de nada, mas parece que explicaram tudo para minha mãe e meu irmão. Daí para frente, as coisas complicaram. Afinal, foi uma viagem do interior até a periferia de Tóquio. Voltamos para casa naquela noite e minha mãe fez um grande banquete com tudo que tinha em casa. Teve até omelete. Era um banquete difícil de se ter naquela época. Minha irmã ficou muito feliz. Mas, como minha mãe chorava, minha irmã começou a ficar desanimada. E aí meu irmão me disse que eu havia contraído uma doença grave e que, por conta disso, não poderia voltar para casa por um tempo e que era para todos se prepararem. Eu tentei comer com um sorriso, mas, como era de se esperar, a comida não descia a garganta.

— Não te contaram o nome da doença?

— Bom... diretamente, não. Mas eu me forcei a acreditar que não era essa doença. No dia seguinte, meu irmão mais velho e eu saímos de casa.

— E sua mãe? — pergunta Wakana-chan.

— Ela foi até a estação de trem, aos prantos, e me pedia desculpas. Minha mãe costurou uma blusa durante a noite. Lembro de ter pensado onde ela havia conseguido o tecido de malha branca. Fazia muito tempo que não me vestia daquele jeito, ou melhor, acho que foi a primeira vez. Me senti sozinha ao pensar que ficaria longe da minha família por um tempo. Abracei minha mãe ainda usando a blusa e choramos juntas. Meu irmão do meio e minha irmã mais nova não foram até a estação de trem. Nos despedimos no portão de casa. Minha irmã não parava de chorar e eu chorei também, mas disse para ela que eu voltaria, com certeza. Cheguei a Tóquio após balançar por horas dentro do trem. Levei uma noite para chegar aqui. Quando saímos da estação de trem, meu irmão finalmente me disse que eu poderia estar com hanseníase e que, se fosse isso mesmo, ele teria que me deixar aqui e ir embora.

As palavras de Tokue param neste momento. Ela está olhando a mesa, mas fecha os olhos devagar. Pega novamente o pacote de lenço com os dedos tortos e o coloca contra os olhos e nariz.

— Quantos anos a senhora tinha nesse dia? — questiona Sentaro.

— Catorze.

Após responder à pergunta, Tokue assoa o nariz.

— E aí, passei por uma consulta aqui... depois disso eu tive que tomar um banho desinfetante. E, nessa hora, tive que jogar fora tudo o que estava vestindo e me desfazer de todos os pertences. Pedi chorando à enfermeira que me deixasse ficar com a blusa que minha mãe havia costurado. Mas ela disse que tínhamos que seguir as regras e não deixou. Então, pedi a ela que a entregasse para meu irmão que estava me esperando. Assim, ele poderia levar de volta. Mas aí ela me disse que ele havia ido embora e que não havia mais ninguém da minha família lá. Ela me disse também que iriam mudar o meu nome a partir daquele dia. Ela me disse desse jeito... Eu chorei alto por muito tempo. Mas eu sabia por que estava naquela situação. Uma vez que se contraía a hanseníase, nunca mais se podia sair daquele lugar. Eu também tinha medo quando via pessoas doentes. Mas nunca imaginei que eu seria uma delas...

Toda vez que Tokue parava, Sentaro fazia uma pergunta.

— E o que aconteceu com essa blusa?

— Não me devolveram. A blusa costurada pela minha mãe sumiu para sempre. Me deram duas trocas de roupa de hospital com estampa de listras. Disse que não havia mais. E que só dali a dois anos me seriam entregues mais roupas. Disseram para cuidar bem delas enquanto isso. E eu era apenas uma menina, sabe?

— Yoshii-san, Yoshii-san. — Nesse momento, surge uma voz atrás de Sentaro.

É uma voz difícil de entender.

— Ah, sim — responde Tokue, sinalizando com a mão e com o rosto levantado.

— Toku-chan, não se preocupe. Vou voltar depois de te entregar isso.

Sentaro e Wakana-chan se viram para o lugar de onde vem a voz. Há uma senhora de idade avançada cujo rosto está claramente deformado: suas sequelas foram mais graves do que as de Tokue. Seus lábios estão caídos e dá para ver a gengiva. Sentaro não sabe como reagir e apenas continua conversando com Wakana-chan.

— Me chamo Moriyama. Faço doces com a Toku-chan desde sempre.

— Ah, somos duas pessoas que Yoshii-san ajudou muito.

— Por acaso... vocês são daquela confeitaria de *dorayaki*?

— Ah, sim.

— Eu também queria ter trabalhado lá — dizendo isso, a senhora coloca uma sacola de compras em cima da mesa. — Até mais.

Moriyama sorri e sai da loja. Dentro da sacola de compras, eles podem ver uma folha de alumínio.

— Se não for ruim para vocês, podem abrir. Acho que ela acabou de fazer um doce.

Para ser honesto, Sentaro não sentia vontade de comer aquilo. A fala de Tokue o tocou e ele ainda está chocado por ver uma pessoa com sequelas tão severas. Talvez por ter notado que ele está relutante, Tokue pega o doce. Tira o pacote embalado em alumínio e o abre com os dedos tortos. De dentro surgem biscoitos bem finos.

— Ah, são *tuiles*.[1]

— *Tuiles*? — pergunta Sentaro.

— É como se fosse *kawara sembei*,[2] mas a versão francesa — responde Tokue, e entrega um para Sentaro e outro para Wakana-chan. — É um doce feito de amêndoas e laranja. É um doce muito fácil de fazer.

— A senhora conhece bem. Eu trabalho com doces e nem conhecia...

Seria mentira se Sentaro dissesse que seus dedos não estão relutantes em colocar o doce na boca. Mas quando o doce assado toca seus lábios, ele sente um aroma cítrico forte. Isso o faz mudar de humor. O aroma parece ficar mais refrescante junto com a textura das fatias de amêndoas.

— Isso aqui é interessante.

---

1 O *tuile* é um biscoito assado, de origem francesa. Seu nome faz referência ao seu formato, que lembra telhas. [N.T.]

2 O *kawara sembei* é um doce feito com açúcar, farinha e ovos. Também possui um formato similar a uma telha. [N.T.]

— É verdade, esse cheiro, parece que assaram a fruta em si. — A voz de Wakana-*chan* fica mais animada.

Ela quebra o *tuile* com as mãos e começa a comer os pedaços.

— Incrível a senhora conhecer todos esses doces. Afinal, vocês duas estão aqui há tanto tempo.

— É verdade — diz Tokue enquanto guarda o doce de volta no papel alumínio.

— Vamos andar um pouco?

Sentaro e Wakana-chan se levantam como se Tokue os tivesse persuadido.

18

OS TRÊS COMEÇAM A andar pelo caminho, com Sentaro segurando a gaiola. Ao se distanciarem da loja, percebem que o arredor continua silencioso.

— Sobre o tratamento da doença, não havia Promin no começo.

Promin. Esse era o nome do remédio para a hanseníase. Ele trouxe uma importante mudança, dando fim a um longo histórico de angústia. Sentaro e Wakana-chan leram sobre ele na internet.

— Mas a senhora foi curada com esse remédio, certo? — pergunta Wakana-chan, que está bem perto de Tokue.

— Era difícil trazer esse remédio para o Japão. A gente sabia que era muito eficaz. Então, nós pensamos que a única forma de consegui-lo era se os pacientes se unissem. Fizemos um movimento para trazer o Promin para cá. Rebeliões aconteceram em vários sanatórios por conta disso. Se isso tivesse acontecido um pouco antes, teríamos sido enviados para um centro de detenção.

— Centro de detenção? Não sabia que isso acontecia... — Sentaro quase fala de sua própria experiência, mas fecha a boca.

— Antigamente, havia uma cela de solitária no sanatório de Kusatsu. Em todos os sanatórios havia uma sala de confinamento, mas diziam que quem ia para a solitária não voltava vivo. Diziam que você ficava preso num quarto escuro onde não batia sol por vários meses. No inverno, as pessoas que ficavam presas morriam de frio porque a neve selava o quarto.

— Pessoas enlouqueciam e morriam. Mesmo aqui no Tenshoen. Também tivemos casos de pessoas que morreram depois de terem feito greves e serem mandadas para centros de detenção — diz Tokue, com uma voz calma, e Wakana-chan fica em choque.

Sentaro se pergunta como foi a vida de Tokue quando jovem, tentando comparar com a vida que levou atrás das grades.

— Mas penso que, se não tivesse contraído essa doença, eu acharia que era apenas um problema dos outros. Testemunhei isso quando criança. Os moradores de rua com suspeita da doença eram juntados e levados por caminhões da polícia. Aí, as pessoas dos centros de saúde vinham e jogavam um pó branco sobre o caminhão. Jogavam sem dó sobre as pessoas que estavam recolhidas dentro. Eu as via sendo levadas com muito medo. Por isso, por um bom tempo, eu não gostava de conviver com os pacientes daqui, mesmo eu sendo um deles.

Sentaro queria dizer que a entende, mas se segura.

— As pessoas com a doença já em fase avançada tinham sintomas por todo o corpo. Havia pessoas com grandes calos, chamados de nódulos, e também com crostas pelo corpo. Algumas perdiam os dedos ou o nariz. Havia muitas pessoas assim quando ainda não havia remédio. Eu tinha medo ao pensar que iria gradativamente ficar assim também... eu realmente não gostava de ver aquelas pessoas sofrendo.

Tokue fala baixo enquanto anda e para ao passarem por uma pequena colina, que parece uma montanha de areia. Arbustos crescem e há algumas flores silvestres.

— Todos queriam voltar para suas casas. Era muita saudade de casa. Quem se sentia assim, vinha aqui.

"Este lugar existia desde antes de eu chegar. Quem não estava tão mal era obrigado a cultivar a terra, então, eles traziam o que tiveram que remover para cá. E aí fizeram esta colina. Nós subíamos aqui, olhávamos para a montanha lá longe e nos lembrávamos das nossas terras natais."

— A senhora subiu aqui também, Yoshii-san? — pergunta Wakana-chan ao reparar que Tokue está parada, sem mostrar intenção de subir.

— Ah, sim, subi algumas vezes. Mas, como não podíamos sair, eu me sentia ainda mais triste. Era muito triste. Por isso, parei de vir aqui. Em vez disso... — Tokue dá um grande espirro. — A gripe deste ano está muito persistente — diz Tokue enquanto pega mais um lenço e assoa o nariz. Do nada, ela dá um sorriso. — Acho que esse foi o jeito de ele dizer para não falarmos mal dele lá do mundo dos mortos.

— O quê? — pergunta Sentaro, esticando o pescoço para frente.

— Foi o meu marido — responde Tokue. — Na última vez que subi aqui, uma pessoa me viu chorando e puxou conversa. Foi assim que o conheci.

— Como ele era? — pergunta Wakana-chan.

— Sabe que não sei? Até hoje não sei como ele era — responde Tokue com um sorriso, como se estivesse disfarçando.

TOKUE COMEÇA A ANDAR pela pequena estrada que passa por dentro da floresta. Sentaro e Wakana-chan apenas seguem quietos atrás dela.

É como se estivessem perdidos em um bosque de árvores de Musashino.[1] Há muitas árvores e muitas folhas caídas acumuladas no chão. Sentaro acha que, se ficasse apenas olhando as árvores, poderia até esquecer que está em um sanatório. Tokue se lembra de outra coisa enquanto anda.

— O coração dele era fraco desde que nasceu. Por isso, ele nem foi convocado para a guerra. Mas ele trabalhava. Adivinhem o que ele fazia.

Sentaro balança a cabeça, indicando que não faz ideia.

— Ele trabalhava em uma confeitaria em Yokohama.

— Ah... por acaso...

— Sim. Tudo que sei sobre doces, aprendi com meu marido.

---

[1] Cidade localizada na província de Tóquio. Acredita-se que o lendário samurai Miyamoto Musashi teria vivido nessa região no Período Edo. [N.T.]

— Ah, entendi. — Pela primeira vez desde que chegou no Tenshoen, Sentaro solta uma voz mais animada.

— Então foi isso — diz Wakana-chan.

— Ele era alto como um coqueiro. Quando descobriu que estava doente e saiu do emprego na confeitaria, decidiu que queria cair morto. Parece que ele perambulou pelo Japão praticamente como um morador de rua. Em vez de fazer isso, ele deveria ter vindo logo para o sanatório.

— Talvez ele quisesse fugir — diz Wakana-chan.

Tokue olha para ela com uma expressão preocupada.

— Talvez tenha sido isso. Quando ele chegou aqui, a doença já estava num estágio bem avançado. Mesmo depois que nos juntamos, ele estava suportando uma dor imensa. Eu não conseguia ver isso. Era uma neurite[2] que abria buracos em sua mão. Mas, mesmo com tudo isso, ele era uma pessoa forte, quase nunca teve rancor do mundo ou de Deus.

— Por que... por que será que isso acontece?

— Como assim? — pergunta Sentaro para Wakana-chan, ainda olhando para Tokue.

— Por que uma pessoa que só estava fazendo doces tem que sofrer tanto?

— É verdade — diz Tokue, caminhando vagarosamente na frente dos dois. — Verdade — repete a senhora. — Acho que todos aqui pensaram da mesma forma. Se Deus realmente existe, houve momentos em que desejamos capturá-lo para bater nele.

---

[2] Inflamação ou lesão degenerativa de um nervo. [N.T.]

— Imagino que tenham se sentido assim... — responde Sentaro.

Tokue balança o pescoço para o lado.

— Mesmo assim... nós tentamos viver.

Nesse momento, Tokue para e os outros dois fazem o mesmo.

— Antigamente, se houvesse um incêndio aqui, os bombeiros não viriam. Se algum crime fosse cometido, a polícia não viria. Era um lugar assim. Criamos um conselho só com os pacientes e tivemos que fazer de tudo para sobreviver. Até dinheiro, fizemos um que só valia aqui dentro.

— Dinheiro? — Wakana-chan fica boquiaberta.

— Sim — responde a senhora, enquanto balança a cabeça. — O único jeito era juntar nossas forças para viver. Aqueles que eram artistas antes de contraírem a doença costuravam quimonos e ensinavam *kouta*[3] e *nagauta*.[4] Aqueles que eram professores construíram uma sala de aula para ensinar as crianças que estavam aqui. Quem era barbeiro cortava o cabelo de todos. Nós tentamos viver dessa forma. Havia grupos de costura e arte tradicional. Também havia o grupo de jardinagem e o grupo de bombeiros.

Tokue passa a andar devagar. Pequenas flores balançam pela lateral do caminho. Ao passar pelo trecho,

---

3 Música tradicional acompanhada do instrumento de corda tradicional japonês *shamisen*. [N.T.]

4 Canção épica longa que era acompanhada do instrumento *shamisen*. [N.T.]

Sentaro pensa que parece que eles vão se deparar com uma linda floresta.

— Todos tinham alguma experiência na sociedade. Vou usar o que a artista que fazia *kitsuke*[5] costumava dizer. Ela dizia que... cada um tinha uma habilidade. Por isso, meu marido e eu entramos em um grupo sem pensar duas vezes.

Tokue vira-se. Atrás dela, há um campo repleto de flores delicadas. Sentaro e Wakana-chan também param.

— Nós entramos no grupo de confeitaria.

— Nossa, existia isso? — questiona o homem.

— Sim. Parece que existia fazia muito tempo. No começo, era apenas um grupo que fazia *mochi*[6] para o Ano Novo, *kusamochi*[7] para a primavera. Acredito que um confeiteiro entrou aqui e iniciou as atividades.

— E por isso cozinhou a pasta de feijão doce por cinquenta anos...

Sentaro bate palmas por haver desvendado o mistério.

— Não fazia apenas isso. Fiz doces ocidentais também.

— Por isso colocou creme nos *dorayaki* — diz Wakana-chan, empolgada.

— Isso mesmo — responde Tokue com um sorriso.

— O grupo de confeiteiros do Tenshoen...

— Eu faço doces desde então. Se eu não fizesse isso, sobraria apenas o sofrimento. Fazer doces era um desafio para mim, então, foi uma batalha. Com essa doença,

---

5 Arte de vestir quimono. [N.T.]

6 Bolinho redondo tradicional feito de arroz glutinoso. [N.T.]

7 Tipo de *mochi* feito com folhas de *yomogi* (artemísia japonesa), que lhe dão uma tonalidade esverdeada. [N.T.]

a visão fica mais fraca e a sensibilidade dos dedos vai diminuindo. Mas por algum motivo o paladar é o último a ser afetado. Imagine o que é para alguém que não enxerga nem sente nada poder provar algo doce.

Sentaro inspira o ar, sem saber o que dizer.

— Que incrível — comenta Wakana-chan, depois fica quieta.

— Obrigado por todo esse esforço — diz Sentaro, recuperando-se.

— Imagine... — responde Tokue.

— Mas devemos agradecer a ele, na verdade — diz Tokue, apontando para algo com um sorriso delicado.

A floresta torna-se um mato, com poucas árvores, e o caminho termina ali. Há grama podada e é possível ver um campanário de pedra.

— Meu marido está descansando aqui — diz Tokue, aproximando-se passo a passo do campanário.

— Quando éramos diagnosticados com hanseníase, tínhamos que abandonar a família. As pessoas tinham preconceito até esse ponto. Por isso, a grande maioria de nós foi removida dos *koseki*.[8] O novo nome Tokue Yoshii foi me dado aqui.

— O quê? — Sentaro olha para Tokue e depois para Wakana-chan. — O seu nome verdadeiro é outro?

Wakana-chan desvia o olhar uma vez e depois volta a fitar Sentaro.

— Sim, é um nome diferente.

— Nossa...

---

[8] Documento japonês de registro familiar. [N.T.]

Sentaro fica calado, sem conseguir dizer mais nada. Wakana-chan também.

Os três ficaram parados em frente ao campanário.

— Aqui é o ossário das pessoas que faleceram no Tenshoen.

— Ossário? — pergunta Wakana-chan.

— Como não temos cemitério... meu marido, Yoshiaki, também está descansando aqui. Ele foi liberto da dor e deve estar sonhando com os *manju* de que tanto gostava.

Tokue junta a palma das mãos.

— Yoshiaki-san, hoje trouxe alguns amigos jovens.

As costas franzinas de Tokue estão na frente de Sentaro. Ele deixa a gaiola no chão, e os dois também juntam as palmas das mãos em reverência.

Um bulbul-de-orelha-marrom começa a piar mais e, como que em resposta, Marvy começa a piar também.

— Sabe... — Tokue abaixa as mãos. — Quando finalmente chegou a época na qual podíamos sair daqui, achei que poderia voltar para casa... mas voltar à terra natal não é fácil. Minha mãe e meu irmão mais velho já são falecidos. Consegui entrar em contato com minha irmã mais nova, mas... ela disse para poupá-la disso, então, não consegui retornar para lá. A família de Yoshiaki também não o aceitou. Os ossos de mais de quatro mil pessoas estão aqui. A lei mudou, e houve uma época em que todos ficaram animados por acharem que voltariam para suas terras natais. Mas, depois de mais de uma década, ninguém veio nos procurar. O mundo continua cruel.

Tokue diz isso como se tivesse passado com outra pessoa, depois sorri para Wakana-chan.

— Me desculpe por contar tantas histórias tristes. Mas eu agradeço por terem ouvido a minha história. Estou me sentindo leve agora.

Wakana-chan balança a cabeça freneticamente.

— Por favor, nos conte mais — diz Wakana-chan.

— Obrigada você também, senhor gerente.

— Imagina, é a senhora que vai cuidar do canário. Além do mais... eu queria consultar a senhora sobre uma coisa. Posso voltar aqui num outro dia?

— Eu ficaria feliz... — responde Tokue, depois balança a cabeça, dando a impressão de que queria acrescentar algo.

Há um largo caminho saindo do ossário. Dá para ver a silhueta da loja e o que parecia ser a casa de banho. Parece que Tokue, em vez de ir pelo caminho reto, deu uma volta maior para passar pela floresta.

Enquanto voltam para a parte central do espaço, algo parece puxar as costas de Sentaro. Ele olha para trás e vê o campanário.

Mais de quatro mil corpos estão aqui, sem poder retornar. Ele tem a sensação de que alguém os está olhando de cima.

19

Naquela noite, Sentaro vai dormir sem tomar saquê. Sente calafrios e parece que está com febre. Ele se enrola no cobertor e relembra a imagem do Tenshoen como se estivesse voltando o ponteiro do relógio no sentido anti-horário.

O ossário que reluz sob o pôr do sol. O caminho que atravessa a floresta. As flores que havia lá. A colina que foi construída para relembrarem suas terras natais. A senhora que entregou o doce. De repente, Sentaro lembra que Tokue estava assoando o nariz.

Ela disse que a hanseníase era transmitida pelo muco nasal.

Um calafrio passa por seu corpo quente e Sentaro se contorce. "*Por quê?*" pensa Sentaro. A doença de Tokue já foi curada há mais de quarenta anos. Muito tempo se passou desde que começaram a chamá-los de ex-pacientes. Sabia disso mais do que qualquer outra pessoa, mas por que será que se sentia assim? De onde vinha essa insegurança?

Será que a garota está bem? Ele espera que ela não tenha adoecido. Sentaro pensa em Wakana-chan enquanto coloca a mão na testa febril. Na volta do Tenshoen, ela ficou o tempo todo cabisbaixa. Foi um dia que impactou os dois.

Depois de se despedirem de Tokue, os dois foram até a biblioteca mantida pelo sanatório. Andaram sem falar quase nada pelo enorme espaço. Muitos suspiros que haviam sido soterrados na escuridão, não havia outra forma de descrever o que presenciaram lá. Se perguntassem se a experiência foi boa, a resposta seria positiva. Sentaro tinha certeza disso. Apesar de não saber o motivo, o testemunho das pessoas que sobreviveram ao sofrimento havia lhe dado algo. Sentiu isso fortemente. Mas, ao mesmo tempo, a sensação de tontura não ia embora com os olhos abertos ou fechados.

Dentro da exposição, havia uma foto intitulada "Leitura labial". Era a foto de um paciente que teve como sequela a perda da visão e a sensibilidade das extremidades. Como ele estava com paralisia nos dedos, não conseguia sentir o relevo do braile dos livros. Por isso, lambia o braile. Passava a língua letra por letra e, assim, conseguia ler. E essa foto, a imagem de uma pessoa de idade com as costas alongadas lambendo um livro, não saía da mente de Sentaro.

Havia várias fotos similares na biblioteca. Homens que tocavam gaita em grupo, segurando o instrumento com as mãos sem dedos. Uma pessoa de idade se dedicando à cerâmica com as mãos curvadas.

Eram pessoas com quem não possuía nenhuma conexão. Mesmo assim, parecia que elas entravam em sua mente, tentando lhe dizer algo, e o olhavam com uma expressão de preocupação. Sentaro não aguenta mais isso e se curva, exalando um ar febril.

Agora Sentaro se lembra do caminho da floresta. Quantas pessoas já andaram por aquele pequeno caminho rodeado de árvores? O que sentiam quando olhavam para a cerca de azevinho que as blindava de tudo? Era algo diferente da sensação de derrota que sentira quando estava atrás das grades. Ele teve culpa. Elas, não. O aprisionamento de Sentaro teve um prazo de validade. Para elas, havia uma lei que as proibia de sair pelo resto de suas vidas.

O que ele pensaria ao andar por aquele terreno se estivesse naquela situação? Será que sentiria ressentimento? Ou será que sentiria resignação?

Enquanto pensa nisso, Sentaro tem um sonho febril. Ele está andando pelo pequeno caminho do sanatório, seguindo para o fundo da floresta. Depois de um tempo, vê um campo com a grama cortada. Lá, avista uma garota com uma roupa simples.

Ele sabe rapidamente de quem se trata. É a garota de catorze anos que foi enviada para lá sem saber o nome da doença. É Tokue, que chora até ficar sem lágrimas.

Sentaro para atrás de Tokue e tenta falar algo que a conforte. Mas sabe que, não importa o que disser, nada vai animá-la.

O sentimento da garota... O medo da possibilidade de seu rosto perder a forma... Como ela teria esperanças se lhe disseram que ela jamais poderia sair daquele lugar?

Mesmo que alguém com más intenções brincasse com os sentimentos dela, esse sofrimento teria fim. Era possível sair disso. Mesmo que o mundo fosse o inimigo, com o passar dos anos, com certeza, ela poderia andar novamente sob o sol. Mas o que atormentava essa vida que só havia nascido havia catorze anos...?

Nesse momento, Sentaro sente que está ficando sem ar.

É claro... só podia ser Deus que estava por trás de tudo aquilo. Que lhe sussurrou ao ouvido que seria melhor se ela não tivesse nascido. Que declarou que ela sofreria pelo resto da vida. Quando Tokue se deu conta disso, o que pensou sobre a vida? Como pensou que seria viver dali para frente?

Uma garota de catorze anos tentando chorar baixinho.

Sentaro não consegue se aproximar mais e volta pelo caminho da floresta.

20

UM VENTO FRIO SOPRA. A cerejeira de frente para a confeitaria treme freneticamente, fazendo as poucas folhas que restam dançarem. As pessoas que andam pela rua estão envoltas em casacos e cachecóis.

Faz mais de um mês que Tokue foi embora, já é o final do ano. Não houve mudança nas vendas, o movimento ainda está fraco.

— Não vamos conseguir continuar ano que vem — diz a dona, que passou a ir à confeitaria com mais frequência, enquanto olha o livro de contas.

Está frio dentro e fora da confeitaria. Parece que a pasta de feijão doce de Sentaro mudou, mas de uma forma positiva. Alguns clientes disseram que a pasta estava melhor. Ultimamente, ele está evitando beber. E voltou a preparar a pasta de manhã cedo. Fica de frente para o *sawari* enquanto segue o modo de preparo de Tokue da forma mais fiel possível, dando atenção para a intensidade do fogo, a quantidade de água e o cálculo do tempo. Há dias em que acha que sua pasta está parecida com a feita pela mestra.

Mas achar que isso faria com que as vendas se recuperassem seria ingenuidade. Não importa o motivo, mas dizem que, no mundo das vendas, quando um cliente vai embora, ele não retorna. Sentaro estava sentindo isso na pele.

— Será que não é melhor a gente fechar a confeitaria de *dorayaki* e começar a vender *okonomiyaki*?[1] — disse a senhora.

Se fosse antigamente, talvez ele até tivesse concordado. Mas Sentaro sacode a cabeça, gentilmente, mostrando sua relutância. Mesmo pensando que quer fugir da chapa de ferro, Sentaro não consegue se imaginar removendo a placa do Doraharu. Não sabe o porquê disso. Mas o desejo de querer evitar o fechamento da confeitaria é forte.

Em um dia frio e chuvoso desde cedo, Sentaro encontra um envelope na caixa de correios. Depois de terminar os preparativos e levantar a cabeça, vê que o envelope saltava da caixa de correspondência. Nele, há uma letra que reconhece instantaneamente.

> Prezado Sentaro Tsujii,
>
> Como está o senhor? Esfriou muito e vejo que já estamos no inverno. Ainda estou tratando aquela gripe que não quer sarar. Eu me deito e me levanto, mas nada muda.

---

1 Prato típico japonês que consiste em uma panqueca salgada com recheios diversos como repolho, carne e frutos do mar. [N.T.]

Como estão as coisas no Doraharu? Por acaso, o senhor está sem energia? Por alguma razão, estou sentindo isso. Dentre as coisas que posso fazer no Tenshoen estão sentir o aroma do vento e ouvir o murmúrio das árvores. Faço isso há sessenta anos. Eu chamo de "ouvir" o ato de escutar as palavras ditas por aqueles que não conseguem falar.

Lembro do senhor perguntando o que eu estava fazendo quando cozinhava a pasta de feijão doce. Me recordo que o senhor me perguntava se eu ouvia algo quando estava com o rosto próximo dos feijões. A única coisa que eu podia falar era que eu estava "ouvindo", mas, se eu respondesse isso, o senhor ficaria confuso, então, meio que deixei no ar.

Notar as cores do *azuki*. Ouvir as palavras do *azuki*. Por exemplo, podemos imaginar um dia chuvoso e um dia ensolarado que o *azuki* presenciou. Temos que ouvir sobre a sua viagem, que tipo de vento soprou para que ele chegasse até nós.

Eu acredito que tudo nesta vida tem voz. Acho que podemos ouvir não só as pessoas que passam pelo centro comercial, mas também tudo que está vivo e até a luz do sol e o vento. Imagino que tenha pensado que eu era uma senhora tagarela. Mas, mesmo sendo assim, não consegui falar sobre coisas importantes com você e me arrependo disso.

Enquanto ando pela floresta de Tenshoen, ainda penso sobre o Doraharu, o senhor, as meninas que eram clientes e Wakana-chan. Eu não conheço ninguém no mundo além da minha irmã mais nova, com quem não tenho mais contato. Agora que não sei por quanto tempo ainda vou viver, sinto que o senhor e Wakana-chan são a minha família.

Não sei se é por isso, mas, quando penso no senhor, sinto que os ventos que atravessam as árvores de azevinho estão murmurando algo para mim de forma inquieta... Será que é um recado dos insetos? Senti que deveria contatar o senhor.

Talvez os boatos sobre mim tenham se espalhado. A situação ainda está difícil para o senhor? Se sim, foi porque demorei demais para me despedir. Mesmo vivendo de forma correta, às vezes somos derrotados pela incompreensão do mundo. Há momentos em que temos que usar a nossa sabedoria. Eu deveria ter dito isso a você.

Agora, tanto o senhor quanto eu temos que superar isso. Não adianta lamentarmos. Por favor, tenha orgulho de ser um profissional da confeitaria tradicional japonesa e supere isso.

Acredito que o senhor terá uma ideia própria e irá produzir o seu próprio *dorayaki*. Não precisa fazer da forma que eu fazia. O importante é tomar uma decisão e seguir com ela. Dias novos virão quando o senhor conseguir fazer o seu *dorayaki*. Peço que siga o seu próprio caminho. Sei que o senhor consegue fazer isso.

Cordialmente,

Tokue Yoshii

Obs.: Marvy está bem. Ele gosta de folhas e todos os dias come uma folha de alface. O que me preocupa é que ele está pedindo para sair. Não sei o que fazer. Venha me visitar com a Wakana-chan de novo. Vamos conversar sobre o que fazer quando vierem aqui.

Sentaro esquece de acender o fogo da chapa de ferro e olha novamente para a carta de Tokue. Uma letra única e oscilante igual as ondas do mar. A voz de Tokue podia ser ouvida em cada uma das letras. É como se ela estivesse ali. Como a clientela ainda está pequena, Sentaro vai para a loja de conveniência comprar papel de carta.

Senhora Tokue Yoshii,

Obrigado por enviar a carta, mesmo sofrendo com a gripe. Li várias vezes na confeitaria. Faz muito tempo que não me incentivam assim.

Eu gosto da palavra "ouvir". Então era por isso que a senhora aproximava seu rosto do *azuki*. Por conta dos seus cinquenta anos de experiência, a senhora observava cuidadosamente os grãos, um por um, para poder evidenciar o potencial do *azuki*. Eu sabia que era isso, mas imaginava que a senhora fazia por motivos físicos. Jamais imaginei que a senhora tentava ouvir o sussurro do *azuki*, para saber onde ele havia nascido e como ele havia crescido.

Se eu tivesse ouvido essa história de outra pessoa, talvez não tivesse acreditado. Afinal, eu nunca "ouvi" dessa forma. Não contei antes, mas nunca dei ouvidos para minha própria mãe.

Por motivos diferentes dos da senhora, houve um período em que não podia sair em público. Apesar de ter tomado a decisão de não contar isso, sinto que posso contar para a senhora. Anos antes de trabalhar no Doraharu, cometi um crime sem um motivo importante. Como consequência, fui preso e acabei vivenciando uma rotina na qual só podia ver uma parte do céu por uma pequena abertura.

Minha mãe foi me ver algumas vezes. Ambos ficávamos quietos e nunca trocamos mais que duas, três palavras. Ela faleceu antes de eu sair dali. Quando meu pai se deu conta, já era tarde demais; ela havia sofrido uma hemorragia cerebral.

Se eu pudesse me desculpar com ela, com certeza faria isso. Mas era uma época em que não nos falávamos muito, então não pude lhe dizer nada, e ela também não me disse nada. Isso me traz agonia até hoje e sinto às vezes que meu coração vai ser esmagado. Sacrifiquei o tempo que tinha com minha mãe e até hoje vivo como um perdedor. Me desculpe por só falar de mim, não costumo ser assim.

Algo mudou em mim depois de passar aqueles dias com a senhora, fazendo a pasta de feijão doce juntos. Hoje, sinto um apego pelo Doraharu. Antes, a minha intenção era sair daqui assim que devolvesse todo o dinheiro. Por isso eu acredito na forma que a senhora sente. Ainda não cheguei a esse ponto, mas acho muito legal saber que tudo tem voz e que podemos ser sensíveis a ponto de perceber isso.

O Doraharu ainda continua batalhando. Há clientes que elogiam, mas ainda não consigo juntar clientela com a minha pasta de feijão doce. Para ser honesto, está uma situação precária. Será que o vento levou essa minha agonia de estar sendo encurralado para a senhora?

Na visita daquele dia, queria pedir outra coisa além do canário. Mas não consegui falar pois vi e ouvi muita coisa.

Eu deveria me preocupar com a sua gripe e a sua saúde, mas isso é o que chamam de egoísmo. Ainda tenho muita coisa que preciso aprender com a senhora. Consegui fazer a pasta de feijão doce por sua causa. Mas, daqui para a frente, não sei mais o que fazer para criar um *dorayaki* que tenha a minha cara. Como a senhora disse, talvez os clientes voltem a fazer filas quando eu conseguir produzir um *dorayaki* do meu jeito. Quando isso acontecer, talvez consiga salvar o Doraharu e isso se torne um marco na minha vida.

Mas ainda tem algo. Sinto que vou descobrir algo quando aprender mais sobre os doces. Por favor, me deixe visitá-la novamente no Tenshoen.

Vou consultar a Wakana-chan sobre o canário. Mas acho que ela está um pouco ocupada por estar no terceiro ano do ensino médio. Não consigo confirmar quando poderemos ir novamente ao Tenshoen, mas gostaria de ir sozinho quando tiver um tempo. Quando isso acontecer, vamos conversar bastante.

Cuide de sua gripe para que ela não piore. Desculpe-me por só falar coisas negativas de mim. Anda esfriando muito. Por favor, cuide de sua saúde.

Cordialmente,

Sentaro Tsujii

21

O ANO VIRA. O CÉU não clareia pelos três primeiros dias do ano, e há uma chuva misturada com a neve.

Sentaro não folga neste dia. Não adianta nada tomar *toso*[1] sozinho, então começa a preparar a pasta de feijão doce quando ainda está escuro e abre as portas mais cedo. As pessoas daquela região costumam ir para o templo xintoísta[2] que fica do outro lado da estação de trem. Ele acha que pode conseguir algumas vendas com esse pessoal.

Mas as vendas não aumentam. Logo no começo do Ano-Novo, a senhora vem ver o livro de contas.

— Vamos vender outra comida — murmura, suspirando de tal forma que era impossível não notar.

Quando ela falou sobre *okonomiyaki*, devia ter sido apenas uma ideia que surgiu naquele momento, mas parece que agora está levando isso a sério. Ela pergunta se

---

1 Saquê com especiarias servido no Ano-Novo. [N.T.]

2 Os japoneses costumam visitar um local sagrado, como um templo budista ou um santuário xintoísta, nos primeiros dias do Ano-Novo para pedir bênçãos às divindades. [N.T.]

ele continuaria trabalhando nesse caso. Sentaro não dá nenhum sinal de concordância.

— Vamos tentar mais um pouco com o *dorayaki*, afinal, foi o ex-chefe que criou esta confeitaria. E eu ainda tenho dinheiro para devolver.

— Se for para continuar com o negócio, pode ser qualquer coisa. É para sobreviver. — A senhora concorda um pouco e retorce os lábios.

Sentaro pensa que há uma verdade nisso. Mas não consegue concordar. Trabalhar com vendas é se preocupar com a qualidade da pasta de feijão doce e, mesmo assim, as coisas não darem tão certo. Não importa o ramo da loja, não poderiam adotar uma postura de "vale-tudo" e achar que isso daria certo.

E tem mais uma coisa que é mais importante para Sentaro. Se ele não herdasse a técnica de fabricação da pasta de Tokue, ela seria perdida para sempre. Não se tratava apenas de uma técnica, mas um testemunho da vida de uma mulher chamada Tokue Yoshii.

UM MÊS E MEIO depois, chega um cartão-postal de saudações de inverno de Tokue, no mesmo dia em que discute com a senhora sobre o futuro da confeitaria. Na cabeça dela, não há mais *dorayaki*. Sentaro favorece a ideia de continuar um pouco mais, mas não consegue defender seu ponto de vista.

Obviamente, há uma frustração dentro dele. Tem vontade de jogar uma praga toda vez que lembra dos clientes que pararam de vir. Mas ele se recompõe quando olha para as letras peculiares do cartão-postal em sua mão. No cartão, Tokue escreveu que passara o final e o início do ano doente e que por isso não enviou um cartão de Ano-Novo. Também contou que finalmente havia melhorado e o convida para ir novamente ao Tenshoen. Ela diz que, se ele for, pretende retomar as atividades do grupo de confeiteiros junto com a Moriyama-san.

"*Sim, eu irei*" pensa Sentaro sozinho na cozinha. "*Estamos com poucos clientes mesmo.*"

O Tenshoen continua um lugar silencioso. Será que é porque as folhas caíram das árvores? O silêncio parece muito mais notável. O céu está claro, mas o vento que sopra é muito gelado.

Sentaro passa pelo mesmo caminho de antes e vai em direção à loja, onde combinou de encontrá-la. Não cruza caminho com ninguém. Anda silenciosamente pelo percurso deserto. Para assim que passa pela entrada da loja.

— Yoshii-san...

Moriyama-san, que havia lhe dado o *tuile*, está ao lado de Tokue. Ele se esforça para esconder sua agitação.

— Há quanto tempo — diz o homem enquanto se aproxima da mesa delas.

O que mais surpreende Sentaro é a mudança em Tokue. Faz um mês que não a encontra, mas a aparência dela mudou como se anos tivessem passado. Tokue sorri de volta, mas seus olhos parecem fundos e sua bochecha, bem mais murcha.

— Yoshii-san, parece que essa sua gripe foi forte.

— Sim, foi horrível. Eu não conseguia comer... — Tokue coça com os dedos tortos a cabeça branca como a casca de uma palmeira-moinho-de-vento.

— Teve uma época que ela ficou bem ruim, cheguei a pensar que precisava contatar o senhor.

Moriyama-san tenta imitar a Tokue enfraquecida, apesar de seu rosto sequelado. É uma expressão que lembra a arte de Munch.

— Pare com isso, já estou curada agora.

— Me desculpe, é que achei que a senhora iria dessa para melhor, seguindo o seu marido.

— Ainda não. Ainda preciso ensinar como se faz a pasta de feijão doce do grupo de confeitaria para ele.

Mesmo estando definhada, há uma alegria nas palavras de Tokue.

— A senhora está bem mesmo? — pergunta Sentaro, olhando para o rosto de Tokue.

Ela mexe as mãos, tentando evitar que ele a olhe.

— Já estou bem. No começo do ano estava ruim, fiquei de cama.

— Me desculpe por não ter percebido antes.

— Imagina. Estou feliz só de você ter vindo.

Moriyama-san se levanta da mesa para deixar Sentaro e Tokue mais confortáveis, depois volta segurando uma bandeja nas mãos.

— Aqui está. — Há três potes na bandeja, que soltam um vapor suave. — Esquentei no micro-ondas lá do fundo.

— Ah, isso aqui...

— É a sua nova tentativa do Ano-Novo, não é? — diz Tokue, juntando a palma das mãos.

— É um *zenzai*[3] especial do grupo de confeitaria. — A voz de Moriyama-san soa animada também.

Dentro do pote reluz aquela inconfundível pasta de feijão doce. O brilho do *azuki* conecta os grãos. Um aroma profundo e doce sobe junto com o vapor e parece envolver as cadeiras ao redor.

— Nossa. Que inveja. — Ouve-se de algumas das mesas.

— Por favor, sirva-se.

Moriyama-san coloca o pote na frente de Sentaro.

— Senhor gerente, coma enquanto ainda estiver quente. Não tem problema não gostar de doce — incentiva também Tokue.

Para ser honesto, Sentaro nunca tinha tomado um *zenzai* inteiro. Ao experimentar um pouco, a expressão de seu rosto fica mais suave.

— Que delícia... — Acaba soltando sem perceber.

O sabor doce faz com que a tensão da bochecha e do pescoço se alivie, e uma sensação de tranquilidade o toma.

— Toku-chan, aquilo ali.

---

3 Sobremesa tradicional japonesa feita com feijão *azuki*. É consumida especialmente no inverno e consiste em uma sopa de *azuki* servida com *mochi* (bolinho de arroz glutinoso). [N.T.]

— Ah, sim. Senhor gerente, experimente isto aqui também.

Tokue, que está olhando para o rosto de Sentaro, tira um pequeno saco plástico da bolsa. Coloca o conteúdo num pequeno prato.

— Isto aqui é bem gostoso. É um *shio kombu*[4] feito pela Toku-chan.

— *Shio kombu*?

— Tem que comer com isso — diz Moriyama-san, pegando um pedaço. — Eles combinam.

Sentaro também pega um *kombu*, que foi cortado com largura e comprimento aleatórios. Ele é úmido e firme na mordida, e o aroma do *ume*[5] acaricia o fundo das narinas.

— Ué, isto aqui... tem *ume*.

— Sim, usei *ume* e *shisô*[6] também.

Sentaro fica admirado e volta a provar o *zenzai*.

— Que incrível. — Sentaro olha fixamente para as duas. — Como fizeram este *zenzai* e o *kombu*?

Apesar da pergunta, ele sabe que não receberá uma resposta simples. Mas é a única forma de transmitir os seus sentimentos. Tokue não consegue segurar o riso.

— Não é nada difícil. É uma tradição do nosso grupo de confeiteiros... sempre fazemos isso no Ano-Novo.

— Sim, é isso mesmo. Como neste ano a Toku-chan estava doente, eu me virei para fazer o *zenzai*, mas usei o

---

4 Alga temperada de forma suave, muito utilizada na culinária japonesa. [N.T.]

5 Damasco ou ameixa japonesa (*Prunus mume*). [N.T.]

6 Erva aromática utilizada na culinária japonesa. [N.T.]

shio kombu pronto. Como fiquei sabendo que o senhor viria hoje, a Toku-chan finalmente se levantou da cama.

— Muito obrigado. — Sentaro percebe que quase esvaziou o pote enquanto isso. — É a primeira vez que... tomo um *zenzai* assim.

— Que bom, Toku-chan. Acho que ele gostou.

— É uma doçura muito discreta... e o salgado do *kombu* é como se as flores estivessem desabrochando.

— Colocamos sal no *zenzai* também. Mas, como tem o *kombu*, colocamos só um pouco. — Neste momento, Tokue experimenta um pouco. Após olhar para longe, dá um sorriso com a bochecha murcha. — O tempero está muito bom.

Sentaro e Moriyama-san concordam.

— Senhor gerente.

— Sim.

Tokue coloca o pote de volta e olha diretamente para Sentaro.

— Na minha pasta de feijão doce tem um pouco de sal.

— Ah, sim.

— E, ao contrário disso, aquela pasta que o senhor usava na confeitaria...

— Ah, a chinesa... é verdade.

— Por isso, ela era pegajosa e sua doçura não era consistente.

Era isso mesmo. Poderia até falar que era uma questão de gosto, mas a pasta de feijão doce que deixava Sentaro empanturrado era a que não levava sal. Nas outras pastas, havia sempre um gosto salgado.

— Tenho a impressão de que as pastas com sal são as mais indicadas para as pessoas que bebem.

— Ah, então, é por isso.

— Acredito que o sal tenha ajudado o senhor, que não gosta de doces. Vi que conseguiu comer um pouco da minha pasta de feijão doce.

— Também acredito que consegui comer porque a senhora manipula o *azuki* de forma tão perfeita.

— Mas, se não tivesse nenhum sal, talvez tivesse sido difícil de comer.

— Talvez...

— É a mesma coisa com o pessoal daqui — diz Moriyama-san, olhando em volta.

— Quando entregamos os doces para os homens, colocamos mais sal e eles gostam mais assim — continua Tokue.

— Senhor gerente, compare a pasta de feijão doce de sempre e o *zenzai* de hoje... qual você acha que tem mais sal?

Sentaro não sabe como responder. Vira o pescoço e, enquanto pensa, olha para o prato com o *shio kombu*.

— Acho que no *zenzai*, porque comi o *shio kombu* junto.

— Sim, há uma grande diferença. Por isso conseguiu comer todo o pote.

— Sou um bêbado.

— É mais fácil comer quando a pasta de feijão doce tem sal.

— Sim.

— E, quando o senhor gerente faz a pasta, não coloca muito sal, certo?

— Ah, sim. Se colocar sal demais, vou estragar tudo.

— Mas e o *zenzai* de hoje? O *shio kombu* tem bastante sal.

— Ah... o que a senhora quer dizer?

Tokue está com uma expressão de cansaço no rosto, mas há um sorriso em seus olhos fundos. Moriyama-san fica calada enquanto olha para Tokue.

— Na hora de fazer a pasta de feijão doce, colocamos sal de forma que ele fique imperceptível. Mas, quando fazemos *zenzai*, acrescentamos o *shio kombu* que claramente é salgado. Então, o que acha de usar o sal de uma forma diferente na hora de fazer o *dorayaki*? Seria um novo método para uma pessoa que gosta de beber.

Moriyama-san bate as mãos como se tivesse descoberto algo novo.

— É verdade. Existe *manju* e *daifuku*[7] salgado. É o pensamento inverso.

— Ah, então... seria *dorayaki* salgado?

— Às vezes é bom fazer as coisas como queremos.

Moriyama-san inspira o ar e bate na mesa como se estivesse admirada.

— A Toku-chan sempre foi assim. Ela é a mulher das ideias no grupo de confeitaria.

— Eu só retorço a cabeça das pessoas que estão sem ideias.

Moriyama-san se inclina para a frente.

---

7 Uma espécie de *mochi* também recheado com doce de feijão. [N.T.]

— Senhor gerente, o que a Toku-chan diz normalmente dá certo. Então, talvez tenha que fazer esse *dorayaki* salgado.

— *Dorayaki* salgado?

— Acho que vai vender — diz Moriyama-san.

Tokue concorda. Sentaro abaixa a cabeça para as duas em reverência.

— Muito obrigado pelo *zenzai*. Não sei como agradecer. Vocês me deram até uma nova ideia.

— Não se preocupe, foi apenas uma conversa, além do mais...

Tokue vira primeiro os olhos fundos para o rosto da amiga e depois para Sentaro. Moriyama-san coloca os potes na bandeja e diz que vai lavá-los.

— Eu não vou pedir mais detalhes hoje... mas, senhor gerente, muito obrigada por me contar.

Sentaro abaixa a cabeça após perceber do que ela está falando.

— Foi uma pena, a sua mãe.

— Sim.

— O seu pai ainda é vivo?

Sentaro confirma com a cabeça, sem falar nada.

— Então, seria bom ir encontrá-lo.

— Não consigo achar motivos para fazer isso.

— Ah, é?

— Eu sou responsável por tudo que fiz... O que fiz com a minha mãe é algo que não pode ser desfeito...

— Mas você cumpriu, não foi? Sua pena.

— Sim.

— Então, tem que recomeçar.

Sentaro não consegue olhar para a cara de Tokue e fica olhando cabisbaixo para a mesa. Observa de forma silenciosa o *shio kombu* que está no prato.

— Eu não sabia como recomeçar... Então, meu ex-chefe me salvou e eu passei a ficar naquela cozinha... apenas pensando em como fugir.

— Bom, você não gosta de doces de qualquer jeito, não é mesmo?

— Sim, mas... — Sentaro respira fundo. — Mas agora quero continuar na confeitaria, fazendo as coisas da minha maneira.

— Entendi. Sinto que um *dorayaki* com a sua cara será criado. Além do mais...

— Sim?

— Para dizer a verdade, eu não tenho mais nada a te ensinar sobre o preparo da pasta de feijão doce. Por isso, pode fazer como quiser. Só precisa ter confiança — diz Tokue, observando-o com os olhos profundos. — Você vai conseguir.

22

DORAYAKI SALGADO. É FÁCIL de dizer, mas não tão fácil na hora de fazer. Sentaro pede ao fornecedor que lhe entregue sais famosos como o de Ako, do mar interno de Seto, e o de Yambaru, da ilha de Iejima. Porém, antes de chegar ao ponto em que a qualidade do sal faria diferença, precisava decidir em qual parte do *dorayaki* colocar o sal para que ele se tornasse um novo doce tradicional japonês.

Primeiro, Sentaro apenas aumenta a quantidade de sal que é misturado com o feijão. Normalmente, colocava uma pitada. É algo em torno de um grama para quatro quilos de pasta. Ele vai aumentando de grama em grama, coloca dois gramas e depois três. Então algo surpreendente acontece. Ele sente o salgado em meio à doçura como se fosse uma alga que balança com a correnteza de água doce. O sabor não é marcante nem ofuscado pela doçura, o que é refrescante. Mas isso só é sentido quando a quantidade de sal é mínima. Ao aumentar a quantidade de sal... para ser mais exato, se colocasse mais de três gramas de sal para quatro quilos de pasta, ela perdia toda a sutileza. Não era nada que pudesse substituir o *dorayaki*. É como se tentasse tomar uma sopa muito salgada; se passasse dos limites, não poderia ser comercializada.

Ou seja, Sentaro só conseguia imaginar uma única forma de colocar o sal, por mais que pensasse. Coloca uma quantidade mínima enquanto engrossa a pasta. Foi o máximo que conseguiu, e parecia ser a única forma.

Obviamente, só há outra possibilidade: colocar o sal na massa. Sentaro decide fazer isso então. Como sempre, a proporção dos ingredientes é a mesma. A quantidade de açúcar, farinha e ovo, tudo é misturado em partes iguais. Adiciona, então, fermento em pó, mel, vinho de arroz doce e uma pitada de chá verde para dar um aroma.

Divide a massa em pequenas tigelas e vai variando a quantidade de sal que coloca em cada uma. Assa diversos tipos de massas, variando a quantidade de sal. E, coincidentemente, a dona passa por lá voltando do hospital. Olha o livro de contas e reclama que as vendas estão baixas.

A senhora evitava comer *dorayaki* porque tinha receio do açúcar. Talvez sua curiosidade tivesse sido atiçada depois de conversar com Sentaro, pois ela resolve experimentar um.

— Está salgado. — Sua reação é imediata.

— Bom, é um *dorayaki* salgado.

— Não sei... isso me dá vontade de tomar água.

— Tem um com menos sal.

— Me parece pobre.

Pobre? Ele fica encucado com essa palavra e come um *dorayaki* que havia feito. Mastiga devagar, saboreando.

— A senhora achou isso? Achei que estava bom.

Sentaro realmente acredita nisso. Parece que encontrou algo novo. A massa que deveria ser macia e doce agora trazia uma sensação divertida e refrescante do salgado. Mas, depois de comer dois, três pedaços, Sentaro começa a entender o que a senhora disse. Diferente da sensação inicial, o sabor salgado se torna marcante. Também perde a maciez da massa e o truque se torna óbvio.

— É verdade... — Após terminar de comer, Sentaro olha para a senhora. — Não dá vontade de comer outro.

— Mas pode chamar atenção. Pode tentar vender para testar. — Não há vigor na voz dela. É como se ela estivesse dizendo que não o apoiava.

Mas a sensação de estagnação no Doraharu persiste. Precisa pensar em um novo rumo.

— Já falei diversas vezes, mas não dá para continuarmos assim. Acho que já está mais do que na hora de parar com o *dorayaki*.

Após dizer a mesma coisa de sempre, ela dá um passo para frente.

— Quero que estejamos de sentimentos renovados quando aquela cerejeira florescer — diz a dona, apontando para fora da janela de vidro. — O que acha, Sentaro-san? De renovarmos o sentimento. O que acha de uma loja de *okonomiyaki*? Ou, talvez, espetinho de frango. Se puder servir saquê, seria legal para você também, não acha?

— Não. Como eu havia dito antes, acho que é melhor não desistirmos do *dorayaki*.

— Mas não temos clientes.

É pela Yoshii-san... Sentaro quase diz isso em voz alta, depois inspira o ar apressadamente.

— Será que a senhora não poderia ter só mais um pouco de paciência?

— Paciência...?

— Se está podendo renovar e abrir uma nova loja, vamos apostar no *dorayaki*.

— Sabe, acho engraçado, Sentaro-san. Você nunca gostou de *dorayaki*. Só tinha relação conosco por conta da dívida. Eu sei disso. Então, por que finge que está se esforçando? Pode servir saquê se vender *okonomiyaki*, então vai ser muito melhor para você. Por que insiste tanto no *dorayaki*?

— Ah... bom.

— E agora é o momento de renovar e recomeçar.

— Por quê?

— Eu não tenho mais muita economia. Se perder este momento, vou ter que me desfazer do negócio, entende? Isso, sim, seria trair o meu marido. Precisamos nos mexer enquanto podemos, senão, ficaremos encurralados e cairemos mortos na rua. O que você faria se isso acontecesse, Sentaro-san? — A senhora pausa. — E, no final das contas, é isso que tem para me mostrar? Um *dorayaki* salgado?

— Não...

A senhora pega o *dorayaki* que havia começado a comer e o coloca novamente na boca.

— Uma vez frio, ele fica mais salgado ainda. Experimente.

Foi persuadido a comer o pedaço que a senhora cortou. Realmente, o sabor está diferente de quando estava quente. Parece que está mais salgado.

— Fico grata que esteja pensando em algo novo. Mas precisamos ser realistas.

— Estamos no final de janeiro... vamos fazer assim.

— Ah.

— Vou decidir de acordo com as vendas que conseguir até fevereiro. Se as vendas aumentarem igual àquela vez, podemos continuar com *dorayaki*. Se não aumentarem, paramos. Acho que poderíamos ter um negócio que venda coisas feitas com farinha, no estilo de Osaka. Podemos fazer *okonomiyaki* e *takoyaki*[1] também. Faremos com que as pessoas possam beber neste balcão. Assim, o lucro por cliente vai aumentar. Olha, você já me devolveu bastante dinheiro. Vamos deixar a dívida para lá. Me devolva o que conseguir até fevereiro.

— O quê?

— Você já me devolveu quase tudo. Não precisa terminar de pagar. Vamos seguir de forma honesta,

---

1 Tradicional petisco japonês que consiste em um bolinho recheado com polvo. [N.T.]

Sentaro-san. Assim como as estações do ano, há momentos de mudança em nossas vidas.

Sentaro demora um pouco para responder, concordando.

— Então, viramos a página no mês que vem. Entendeu?

— Sim.

A senhora coloca o resto do *dorayaki* no prato e o devolve.

23

Do Doraharu

Senhora Tokue Yoshii,

Como a senhora está? Como está passando estes dias frios? Espero que não tenha se gripado de novo.

Eu continuo na batalha. Segui a sua dica e já fui experimentar. Isso mesmo, *dorayaki* salgado!

No começo, aumentei a quantidade de sal da pasta de feijão doce, mas não deu certo. Percebi que a quantidade que a senhora usava era a melhor. Achei incrível. Ou seja, não mudei nada na pasta.

Fui por um raciocínio bem lógico para justificar o nome "*dorayaki* salgado" e coloquei sal na massa. Ficou bem interessante. Se comer enquanto a massa está quente, ele fica com um sabor diferente e achei que daria certo.

Mas, depois de um tempo, o sabor salgado fica marcante demais. Era para apenas dar um toque salgado, mas o sabor ficou muito aparente. Claro que, para não dar essa impressão, eu estava controlando a quantidade de sal, mas, quando coloco pouco, aquela surpresa na primeira mordida desaparece.

Por isso, colocar sal na massa foi complicado. Acho que a ideia é não colocar sal na massa e na pasta. O *shio kombu* deu um efeito quando comi o *zenzai* pois ele apenas acentuou o salgado na boca. Acho que não seria bom colocar sal diretamente, mesmo que existisse um *zenzai* salgado.

Não sei. *Zenzai* e *shio kombu* não se misturam. Então, o que poderia fazer para melhorar o *dorayaki*? Na situação atual do Doraharu, não posso ficar pensando com calma. Mas ainda não perdi a esperança de conseguir algo adotando essa postura de "ouvir", como a senhora me ensinou. Mas as vendas estão baixas. Hoje em dia, faço a pasta de quatro em quatro dias e isso é o suficiente. Aquela correria de meio ano atrás parece até mentira.

Eu sempre tento ouvir a voz. Mas acho que não há voz para ouvir.

Quando o clima esquentar, gostaria de ir novamente ao Tenshoen. Dessa vez, vou levar a Wakana-chan comigo. Quando formos, podemos decidir se vamos soltar o canário ou não.

Me desculpe. Desta vez, só me lamentei. Mas sei que não adianta fazer pose com a senhora, então escrevi apenas o que sentia.

Vou me esforçar novamente. Espero que o deus dos doces também sussurre em meu ouvido.

Cordialmente,

Sentaro Tsujii

Senhor Sentaro Tsujii,

Acabei deixando o senhor confuso por algo que eu disse sem pensar.

Me desculpe por isso.

O uso do sal é realmente difícil. Usar em pratos salgados é fácil, mas, ao usá-lo em doces, há apenas a regra de usar o mínimo possível. Então, como o senhor mesmo disse, o sal só irá acentuar o sabor. A relação do *zenzai* e do *shio kombu* é exatamente isso. Mas você percebeu algo bom. Acho que esse é o ponto, pois o *zenzai* e o *shio kombu* não têm relação entre si. Mas alguém os combinou de tal forma que todas as pessoas, mesmo aquelas que gostam de doces e aquelas que gostam de salgados, conseguem comer.

O *dorayaki* em si é um doce perfeito, mas, se olharmos dessa forma, talvez encontremos algo que combine com ele. Vou pensar em algo também. Talvez agora você não consiga ouvir nada, mas, por favor, continue se esforçando.

Eu acredito que não importa o sonho; um dia, irá encontrar o que busca. E, quando isso acontecer, você vai ouvir alguma voz. A nossa vida não é apenas de uma cor só. Há momentos em que a cor muda completamente.

Já estou na minha reta final. Há coisas que sei por causa disso.

Minha vida foi conviver com a hanseníase, mas sinto que as cores do dia a dia mudaram muito desde que entrei no sanatório. As cores mudaram depois de dez, vinte e trinta anos também.

Só tive sofrimento. Posso retratar dessa forma também. Mas, com o passar do tempo aqui, comecei a enxergar algumas coisas. E uma delas é o fato de sermos humanos, não importando quantas perdas tivéssemos ou o quanto fôssemos maltratados. Mesmo se perdêssemos as pernas e braços, não havia escolha a não ser continuar vivendo, pois essa doença não é fatal. Tentamos manter o nosso orgulho nos agarrando apenas ao fato de que somos humanos, mesmo tendo que lutar para sair do fundo da escuridão, mesmo quando isso parecia impossível.

Foi por isso que tentei "ouvir". Acho que o ser humano tem esse poder. E é por isso que eu ouço de vez em quando.

Os pássaros que vinham brincar no Tenshoen, os insetos, as árvores, a grama e as flores. O vento, a chuva, a luz. A Lua. Acredito que tudo tem voz. Só de ouvir tudo isso, o seu dia é preenchido. Há um mundo na floresta do Tenshoen. Só de ouvir os sussurros das estrelas de noite, consigo sentir o fluxo eterno do tempo.

Senhor gerente. Você está com dificuldades porque os clientes não voltaram. O senhor tem um lado muito gentil, mas o que aconteceu por minha causa ainda continua. As medidas preventivas da hanseníase foram abolidas, mas parece que o mundo não mudou. Mesmo assim, tente ouvir as vozes onde quer que esteja. Ouça as vozes que as pessoas comuns não conseguem ouvir, ouça bastante e prepare os *dorayaki*. Fazendo isso, acredito que o seu futuro e o futuro do Doraharu vão se abrir.

Me desculpe por dizer as coisas dessa forma, mas eu acredito que o senhor vai superar as dificuldades.

Por favor, venha mesmo quando o clima esquentar. Estou ansiosa para encontrar a Wakana-chan. Se cuide.

Tokue Yoshii

24

O MÊS DE FEVEREIRO SE aproxima do fim. O vento primaveril sopra do leste e balança os pequenos botões que começam a surgir na cerejeira de frente para a confeitaria. Agora é possível ver pessoas segurando casacos nos braços, provavelmente porque as temperaturas aumentaram. Sentaro fecha a janela de vidro o máximo possível para que o pó não entre.

— Gostaria de comer um *dorayaki*? — diz Sentaro através da fresta que sobra na janela.

As vendas aumentam pouco a pouco. Ele ainda pensa sobre o *dorayaki* salgado. Talvez a mudança de estação do ano tenha alterado o sentimento das pessoas, pois os clientes que se afastaram voltam à confeitaria aos poucos.

— Há quanto tempo — diz um cliente, sem graça.

— Deu vontade de comer *dorayaki* de novo — diz outro, com uma expressão tímida no rosto.

Sentaro apenas responde com um sorriso. A expressão do rosto da dona muda também.

— Talvez esteja dando certo — diz ela, agora com um olhar mais afetuoso.

Sentaro sente que pode respirar pela primeira vez nesta primavera.

No final de um dia com pouco vento, a senhora abre a porta de correr que fica ao lado do balcão. Atrás dela, há um rapaz jovem.

— Esse é o gerente, Tsujii-san — diz a senhora, virando o rosto para Sentaro.

O jovem está mascando um chiclete.

— Me chamo Tanaka. — Ele se apresenta como se fosse por obrigação.

— Andei pensando em muitas coisas... queria que ele trabalhasse com você — diz a senhora. — Vai lá.

O jovem dá um passo à frente. Usa um jeans folgado e parece um jovem como qualquer outro. Deveria ter uns 22, 23 anos.

— Trabalhar comigo? — pergunta Sentaro, sem entender nada.

— É o meu sobrinho. Ele estudou numa escola de culinária e estava trabalhando em um restaurante, mas acho que teve problemas para lidar com algumas pessoas. O mundo dos cozinheiros é complicado, não é? — diz a dona, esperando que Sentaro concorde. — Então ele teve que parar de trabalhar. Neste inverno, ele não fez nada. Não foi?

O jovem dá uma risada e concorda, balançando a cabeça.

— Então, Sentaro-san, quero que ouça a minha decisão, afinal, sou a dona deste lugar. Mês que vem vamos reformar aqui. Quero que seja um lugar onde as pessoas possam comer *dorayaki* e *okonomiyaki*. Um lugar que vende doces e salgados.

— Reforma?

— Sim... o que já era apertado, vai ficar mais ainda. Mas olha, parece que os clientes estão voltando e tem muitos estudantes, então, ele poderá socializar com eles.

— Não, espere. — Sentaro tenta contestar, mas nenhuma palavra vem à mente.

— Eu sei, eu entendo. — A senhora balança a mão de forma grosseira, tentando tomar o controle das palavras de Sentaro. — Sei que é repentino. Peço desculpas por isso. É que não vou viver mais tanto tempo assim, então, precisava pensar seriamente. E, coincidentemente, esse garoto... que eu sempre mimei desde pequeno, se tornou aprendiz de cozinheiro, então, eu tive a ideia. Ele ainda precisa melhorar muita coisa, mas é um bom garoto. Queria que o treinasse.

— Mas eu não...

Sentaro sente algo amargo subindo, mas o segura.

— Você vai conseguir, Sentaro-san. Está tentando aumentar as vendas mesmo depois delas caírem tanto. Finalmente entendi o que meu marido via em você. Por isso, vou manter o nome Doraharu e quero que continue fazendo *dorayaki* aqui. Mas também quero que treine o futuro dono. Conto com você.

A senhora dá um tapa nas costas do garoto, e ele abaixa a cabeça com um pequeno sorriso.

— Conto com o senhor — diz ele em voz baixa.

— Vamos mover a chapa de ferro para o *okonomiyaki* daqui para cá. E o *dorayaki* vai ficar no fundo...

Sem se importar com Sentaro, ela começa a falar dos planos da reforma. O espaço do *dorayaki*, por algum motivo, não ficaria mais virado para a janela de vidro.

Sem conseguir dizer nada, Sentaro apenas observa os dois.

25

A ILUMINAÇÃO DA RUA ENTRA pelo espaço entre a cortina e seu trilho. Ainda envolto nas cobertas, Sentaro admira o desenho geométrico.

O gato está miando lá fora.

Faz quase um mês que Sentaro saiu do Doraharu. Já é primavera e Sentaro não sai do quarto. Pede comida na loja de conveniência e passa o dia sem fazer nada. Apenas observa o tempo passar.

Mas não podia continuar assim. Sentaro sabe muito bem disso. Por isso, hoje comprou uma revista com vagas de emprego junto com seu macarrão instantâneo. Ele pretende ligar para perguntar sobre qualquer vaga, sem escolher o tipo de trabalho, desde que estivesse dentro dos requisitos. Também comprou um maço de formulários de currículo. Mas não consegue mandar nenhum deles, mesmo após ver várias páginas da revista. Sua idade é um empecilho para a maioria das vagas. As empresas que não exigiam isso sempre pediam algum pré-requisito bem específico. Sentaro não tinha nada além da carteira de motorista. As oportunidades para profissionais com algum tempo de carreira já não estão mais disponíveis para ele.

Enquanto resmunga, volta à posição de sempre no chão, do lado da pilha de roupas acumuladas para lavar. E assim fica até o anoitecer. Ouve um miado, o gato parece querer lhe dizer algo. Sentaro divaga como seria esse gato. Será que está miando por se sentir solitário? Ou porque quer encontrar uma parceira? Por que esse gato está miando? Será que é macho ou fêmea?

Sentaro suspira, ainda deitado, e a carta de Tokue vem à sua mente. "Ouvir"? Mas o que ela ouvia?

Mesmo o miado do gato sendo claramente audível, ele não faz ideia do que o gato está querendo dizer. Então, não há como ouvir os sussurros do *azuki*.

Sentaro observa a parede escura pelo canto dos olhos. No final, ele é um perdedor. Só conseguia pensar dessa forma. Não há outro lugar além do trilho da cortina para prender uma corda. Imagina-se pendurado junto à cortina, acha graça e dá uma pequena risada.

— Sou um ingrato... — murmura ele.

Foi isso que ele ouviu quando saiu do Doraharu. Sentaro sentiu naquele momento que não conseguiria rebater.

— Você sabe o que meu marido passou para ajudar um ex-presidiário? Vai abandonar meu sobrinho, então? Que tipo de educação você recebeu? Queria conhecer seus pais, viu.

No dia em que chamou a senhora para entregar o dinheiro restante e a carta demissional, Sentaro foi chamado de um criminoso que não sabia o que era ser grato.

Ele não conseguiu responder, apenas ficou parado, em pé. Sabia que parte do que a senhora havia dito era verdade. Realmente, ele era um caso perdido. Sempre decepcionava as pessoas, incluindo seus pais.

Sentaro não sabia em que momento começara o seu declínio, mas não fora uma mudança repentina... sentia que a raiz disso estava em sua infância. Não é que ele tivesse falhado ao tentar viver de forma respeitável. Levar uma vida honesta o levou à própria ruína atual. Ele sofria por ser quem era.

Por isso, está se debatendo de novo nesta noite. Fica sem ar, não importa para onde olhe, e geme como um animal ferido. Já pensou em como se enforcar, mas não tem corda. Será que poderia usar um cordão? Ou talvez um cinto?

Sentaro olha para o lado da mesa. Lá há caixas de papelão cheias de materiais de trabalho que pediu no lugar da rescisão trabalhista. O seu amado *sawari*. Dentro dele, estavam a tigela, a espátula de borracha, a colher, a batedeira, as facas e a sua roupa de cozinheiro.

Ainda em silêncio, Sentaro reparou no desnível criado pela silhueta dos objetos que estavam para fora da caixa.

Então se lembra dos dias que passou na confeitaria. O rosto dos clientes que formavam fila do outro lado da janela de vidro. Os estudantes que faziam bagunça no balcão. A cerejeira cujo formato mudava de acordo com a estação, e Tokue embaixo dela.

— *Dorayaki*...

Ele se lembra da textura da espátula de borracha e da tigela. O brilho do *azuki* cozido. Sente aquele aroma agradável.

— Gostaria... de comer um *dorayaki*?

Sentaro morde os lábios.

— Gostaria de comer um *dorayaki*?

Quando repete a frase, sente algo escorrendo pela bochecha. Ele cerra o punho, respira fundo e range os dentes.

"*Acredito que o senhor vai superar as dificuldades*"... foi o que Tokue escreveu na carta. Ele sente que já a decepcionou. Não consegue cumprir nenhuma promessa.

— Gostaria de comer um delicioso *dorayaki*? — Segura-se para não chorar, a voz tremendo.

Sentaro abraça o travesseiro e enfia o rosto nele. Por alguma razão, se lembra da cerejeira que fica em frente à confeitaria. Agora é o período de florescimento. As flores devem estar caindo como se fossem neve, fazendo as pessoas pararem para admirá-las. Com certeza, pencas delas estão entrando na confeitaria. As estudantes que reclamavam das pétalas nos *dorayaki*... Será que elas ainda estão indo à confeitaria, mesmo com o novo gerente?

26

NAQUELA NOITE, SENTARO TEM um sonho.

Ele está subindo uma ladeira em algum lugar desconhecido. É uma encosta com terreno acidentado. Sob seus olhos, há um brilho azul. Há um largo rio, e suas águas seguem calmamente. Ele para um pouco e olha para a água que está a pelo menos algumas dezenas de metros para baixo. As camadas da correnteza são tão claras que parece que ele está dentro da água. Há muitas linhas brancas e elas se aproximam e se afastam umas das outras, criando um padrão brilhante.

O que é aquilo? Enquanto observa, Sentaro descobre do que se trata. São pétalas. Ele olha em direção à nascente como se estivesse subindo a correnteza. Repara nas nuvens de formas irregulares que estão nas laterais. Toda a margem do rio está coberta de flores de cerejeira, estendendo-se até as montanhas.

Sentaro sobe a ladeira, passo a passo, em direção à área luminosa. Pequenos pássaros gorjeiam, e o vento traz o aroma das flores. A nuvem de cerejeira está cada vez mais próxima. As pétalas que sobrevoam no céu estão brilhando.

Ele sobe até onde as cerejeiras estão enfileiradas. A área toda está cercada de árvores, como se lá fosse um abismo brilhante. Entra nesse lugar e vira o pescoço, admirando as cerejeiras. Percebe que aquele é o momento tão esperado do ano em que a alegria adormecida nas árvores será liberada. As flores são alegria, pura e simples. Sentaro dá voltas até chegar a uma área verde com um declive. De lá, consegue ver o rio de cima. Ao ver o brilho da água novamente, um vento fresco sopra.

As pétalas começam a subir junto com um aroma reconfortante. Ele é rodeado pelas pétalas de baixo para cima. Há luz em todos os lugares, radiando da superfície da água azulada, das flores desabrochando e do céu.

Dois pássaros voam, quase encostando na superfície da água. Parado, Sentaro pensa onde está.

— Senhor gerente.

Ele sente que alguém lhe falou algo e vira o corpo. É a voz de uma menina.

Há uma casa de chá na floresta de cerejeiras com uma flâmula onde se lê "*Goheimochi*" balançando ao vento. Um aroma agradável chega até ele, abrindo seu apetite.

— Senhor gerente. — Novamente, é a voz de uma menina.

Na frente da casa de chá, há algumas mesas de madeira e alguns clientes estão comendo e bebendo enquanto apreciam as flores. A voz que chama por Sentaro vem dali. Sentaro se aproxima da casa de chá. Em uma mesa mais afastada, há uma garota sentada.

— Ué! — exclama.

A menina se levanta, vai em direção a Sentaro e o cumprimenta. Ele logo percebe quem é a menina.

— Olha — diz a menina apontando para a gola de sua blusa branca. — Foi minha mãe que fez.

A blusa está iluminada pela luz da primavera e ela está brilhando. Pétalas da cerejeira caem sobre ela.

— Que bom — diz Sentaro de uma forma muito respeitosa, como se estivesse falando com alguém mais velho.

— Sim — diz a garota.

— Então, foi aqui?

— Sim, aqui mesmo. A minha terra natal é este lugar lindo.

Sentaro se senta de frente para a menina. Em cima da mesa, há um prato de *dango*[1] com pasta de feijão, um pequeno recipiente e uma xícara. A menina aponta para eles e pede que ele se sirva. Dentro da xícara, em vez de chá, há água quente com pétalas de cerejeira por cima. Antes de tomar, ele pergunta à menina sobre o conteúdo da xícara.

— Acho que algumas pétalas entraram.

A garota balança a cabeça.

— Não. Isso se chama *sakurayu*.[2] É um pouco salgado, com um aroma delicioso de flor.

---

1 Bolinhas doces feitas com farinha de arroz. Não contêm recheio, mas vêm com alguma calda ou acompanhadas de pasta de feijão doce. [N.T.]

2 Bebida feita de água fervida derramada sobre folhas e flores de cerejeira em conserva. [N.T.]

— *Sakurayu?*

É a primeira vez que ouve falar disso. Sentaro repete o nome da bebida. Então, sente que as pétalas que estavam sobrevoando pelo ar entram em seu peito, se transformam em luz e desaparecem. Não, na verdade, elas não desaparecem.

"*Um pouco salgado, com um aroma delicioso de flor*". As palavras da menina não saem de sua cabeça. As flores da cerejeira que rodeiam o lugar parecem ter se expandido, e Sentaro pisca.

— Do que é feito isso?

Ao levantar a xícara, a menina mostra o pote com seus dedos longos.

— Nós fazemos a conserva em casa. Pode abrir.

Sentaro tira a tampa do pote. Dentro, há muitas flores rosadas que exalam um aroma forte e doce.

— Ah...

— Não é *somei yoshino,*[3] é *yaezakura.*[4] Fizemos uma conserva dela com sal.

— Que bonito — observa Sentaro, sentindo-se frustrado por só conseguir dizer isso.

— Quando colocamos na água quente, ela se torna o *sakurayu*.

Enquanto ouve a explicação da menina, Sentaro olha novamente a xícara, como se a estivesse comparando com a conserva de cerejeira. Dentro da água quente, a

---

[3] Espécie de cerejeira, híbrida de *Prunus speciosa* (cereja de Oshima) e *Prunus pendula f. ascendens.* [N.T.]

[4] Cerejeira com flor dupla. [N.T.].

flor sobe suavemente à superfície. Elas são tão perfeitas que parecem feitas com um molde.

Sentaro fica as admirando por um tempo. E, como se estivesse sendo sugado por elas, toma um gole do chá. O aroma das flores é rico, como se as flores tivessem crescido dentro de sua boca. Ao mesmo tempo, um sabor salgado passa por sua bochecha.

"*Um pouco salgado, com um aroma delicioso de flor*". Exatamente como a menina disse. O salgado e o aroma se complementam na medida certa.

É isso.

Sentaro coloca a xícara de volta devagar e olha para a conserva de *yaezakura* que está dentro do pote. É isso que está procurando.

— A quantidade de sal é suficiente para ainda ser possível degustar a flor... Talvez possa colocar uma ou duas flores na massa do *dorayaki*...

Depois de dizer isso, Sentaro começa a se levantar. A menina sumiu. O sorriso da menina e a blusa branca com as pétalas de flor sumiram. Ele se levanta e olha apressadamente ao redor. As mesas, os clientes que estavam ali, a casa de chá com sua flâmula, tudo desapareceu. Até a mesa onde estava o *dango*, a xícara e o pote que continha as pétalas de flor curtidas sumiram.

Envolto na claridade das flores, ele chama pelo nome da menina várias vezes. Mas as flores continuam caindo e a paisagem não muda. Finalmente, Sentaro percebe que está perdido num lugar que não é real. Sabe que vai ser transportado de volta e pensa que deve se encontrar com a menina. Precisa achá-la e perguntar sobre o lugar onde ela nasceu. Uma vez, ela disse que lá havia um rio e belas cerejeiras. E que ela tinha o costume de fazer conserva com as pétalas da flor de cerejeira.

Será que ela já as experimentou com algum doce?

27

DO OUTRO LADO DA cerca de árvores de azevinho, há uma cerejeira florida. As pétalas caem e são transportadas pelo vento.

Sentaro e Wakana-chan percorrem o caminho sem conversar muito.

— Está participando de alguma atividade extracurricular na escola?

Toda vez que ficava silêncio, Sentaro fazia perguntas neutras.

— Bom... ainda não me decidi.

Foi Sentaro quem contatou a garota. Pensou que poderia ser estranho um adulto ligar para uma menina de quinze anos, mas, como tinham que resolver a questão de Marvy, precisavam ir juntos mais uma vez para o Tenshoen.

Depois daquele sonho, Sentaro não conseguiu mais tirar da cabeça a conserva de flor de cerejeira. Pesquisou até na internet. Descobriu que ela realmente existia e fechou os olhos, pensativo. Mas já havia deixado de lado a ideia de comprá-la e misturá-la com o *dorayaki*. Não estava mais com esse pique. Não teria como testar sozinho. Além do mais, se a conserva de flor de cerejeira realmente existia na terra natal daquela menina, com certeza ele ia querer usar essa.

Faz pouco tempo que ele enviou uma carta para Tokue dizendo que os dois iriam visitá-la. Não sabia se ela já tinha recebido, mas achava improvável que ela tivesse saído. Estava bastante seguro de que tudo daria certo se fossem para lá. Tinha o endereço, então, mesmo que não a encontrassem na loja, era só ir até o quarto dela.

Um céu de cor azul suave se espalha sobre a floresta de Tenshoen. Do outro lado dos azevinhos, há uma nuvem de cerejeira, e os galhos dos carvalhos balançam e brilham.

— Wakana-chan, você já vai entrar no ensino médio... e já é primavera.

— Sim, já é primavera.

— Será que esta é a estação do ano em que as cerejeiras mais se sentem bem?

— Acho que sim.

Sentaro decide tomar a iniciativa, pois Wakana-chan não está muito comunicativa.

— Eu queria ter te falado antes, mas, sabe, a Yoshii-san... É sobre o canário.

— Sobre o Marvy?

— Isso, ela queria soltá-lo. Ela notou que Marvy anda querendo sair.

— Entendi.

— Acho que por ter ficado presa aqui por tanto tempo, ela entende como o pássaro se sente. Se ele consegue voar, acho que seria melhor soltá-lo. Acho que ele consegue sobreviver na floresta do Tenshoen.

— É verdade — responde Wakana-chan, sem perguntar nada. Sua reação parece muito tranquila.

— Ah, e não sei se você sabe, mas não existe mais o Doraharu.

— Ah, eu fiquei sabendo. — Wakana-chan, que estava andando um pouco afastada, aproxima-se um pouco. — Por que saiu?

— A dona achou que o *dorayaki* não daria mais certo.

— Agora não vou mais ter onde passar depois da escola.

— Claro que vai ter — responde Sentaro.

— Olha... — diz Wakana-chan, aproximando-se um pouco mais.

— O que foi?

— Eu vou para uma escola pública. Lá é meio período.

— Ah, é?

— Sim, vou trabalhar durante o dia.

O olhar de Wakana-chan parece mais firme.

— Ah, então, vai ser assim? — Sentaro repete a pergunta, pois não sabe mais o que dizer. — Mas não importa onde estiver. Tudo vai depender de você.

— Todo mundo diz isso. Até meu professor. Mas ninguém vai para uma escola de meio período.

— Ah, bom, é verdade.

— Como foi na sua época? Foi para uma escola normal? Estudou?

— Era uma escola normal.

Como ela fica um silêncio, Sentaro olha para trás. Wakana-chan está passando a mão na cerca de azevinho, com uma expressão séria.

— Só eu vou para uma escola de meio período, não é?

— Ah, entendi... mas olha...

— Não temos dinheiro... então, eu precisava trabalhar. Aí, fui ao Doraharu e, quando fui, não existia mais.

— Me desculpe.

— É que a Yoshii-san me disse que eu deveria trabalhar no Doraharu. Por isso, fiquei muito decepcionada. E, aí, fiquei um pouco brava. Não vai mais fazer *dorayaki* em lugar nenhum?

— Bom, eu até gostaria.

— Ah, é?

— Seria legal se pudéssemos trabalhar juntos — diz ele em tom de brincadeira, ficando admirado por ter dito isso.

Nesse momento, parece que joga fora a parte de si que ficou reclusa desde que saiu do Doraharu.

Wakana-chan se aproxima de Sentaro e dá tapinhas com os dedos na bolsa que carrega no ombro.

— Eu trouxe um presente para a Yoshii-san.

— E o que é?

— Tente adivinhar.

Sentaro não faz ideia.

— É um *chanchanko*[1] — diz, depois de pensar muito.

— Pfff! —Wakana-chan cai na risada. — Já estamos na primavera. Porque traria um *chanchanko*?

---

[1] Jaqueta tradicional japonesa. [N.T.]

— Não faço ideia do que seja. Me dá uma dica pelo menos.

— Não é comida.

— Então, não sei o que pode ser.

No final, Sentaro não descobre o que é. Quando se dá conta, os dois passaram a cerca de azevinho e estão de frente para a entrada do Museu Nacional da Hanseníase. As cerejeiras floridas formam nuvens ali também, mas o silêncio permanece.

— Já chegamos — diz Wakana-chan, com um misto de saudade e receio.

Os dois passam pela estátua de mãe e filho com roupa de peregrino e vão andando até o caminho que fica na parte externa do Tenshoen.

— Quanta cerejeira.

— É verdade. Parece até que estou sonhando.

De fato, as cerejeiras nas laterais do caminho são um espetáculo magnífico. Para Sentaro, parece que suas copas brilham como se toda a luz das redondezas estivesse centrada nelas. Ele repara que algumas pessoas estão admirando as cerejeiras; não sabe se são moradoras do bairro ou ex-pacientes do Tenshoen.

— Senhor gerente, onde a Yoshii-san mora?

— Eu nunca a visitei, na verdade. Como eu tenho o endereço, caso não a encontremos na loja, podemos ver no mapa do mural.

— Dá uma ansiedade, não dá? — diz Wakana-chan após concordar em irem até o mural.

Como sempre, há pessoas dentro e fora da loja. Todas têm uma idade avançada, e a maioria dos homens usa óculos de sol.

Sentaro espia pela porta aberta da loja. Os dois chegaram no horário que ele informou a Tokue na carta, mas ela não está lá.

— Acho que vamos ter que ir até o endereço dela.

Wakana-chan cutuca levemente o braço de Sentaro.

— Aquela pessoa que está olhando para nós, a gente já a viu antes, não foi?

A senhora que estava na última visita que Sentaro fez se levanta da mesa da ponta.

— É a Moriyama-san.

A mulher se aproxima devagar, observando os dois.

— Olá. Nos encontramos novamente — diz Sentaro numa voz animada.

— Bem... — diz Moriyama-san, hesitante.

— Viemos visitar Yoshii-san. Como mandei a carta faz pouco tempo, talvez não tenha chegado.

— Olha... — diz Moriyama-san, escondendo com as mãos os lábios sequelados pela doença. Ela tenta falar algo, mas fica sem saber o que dizer e fecha os olhos por um momento. — Olha, senhor gerente. Eu recebi a carta. Será que poderíamos nos sentar?

Sua voz é suave, mas sua resposta parece esconder algo. Sentaro e Wakana-chan se olham e depois se sentam à mesa indicada por Moriyama-san.

— Senhor gerente... e Wakana-chan.

— Sim, esse é apenas meu apelido.

— Quero que ouçam com calma.

— Sim.

Há um momento de silêncio.

— A Toku-chan faleceu.

Sentaro fica de pé, boquiaberto. Wakana-chan leva um susto.

É como se tudo que é invisível — o vento, o tempo e o espaço — tivesse se juntado para dar um soco no peito de Sentaro.

— Mas... o quê?

Moriyama-san continua observando Sentaro com olhos murchos.

— A Toku-chan me passou o seu contato. Mas eu não lembrava onde tinha deixado, então semana passada fui até a confeitaria. Só que lá agora é uma loja de *okonomiyaki*. Perguntei para o responsável se ele tinha o telefone do antigo gerente e o jovem me disse que não. Por isso, não soube o que fazer.

Sentaro, sem conseguir dizer nada, apenas coloca a mão na testa.

— Me desculpe — diz em voz baixa, com muita dificuldade, abaixando a cabeça para Moriyama-san.

— A Toku-chan faleceu há uns dez dias.

— Não é verdade, não é verdade... — repete Wakana-chan.

— No dia anterior, eu fui até o quarto dela. Ela estava muito cansada. Mas disse que não queria ir ao hospital porque estava apenas com febre. Então fiquei com ela. Enquanto estava lá, ela me disse que queria deixar um recado para você. Eu disse que o chamaria, mas ela disse que não queria. Se algo acontecesse, poderia avisá-lo por carta.

Sentaro balança a cabeça, sem conseguir acreditar no que havia acontecido.

— A Toku-chan... o considerava como um filho — diz Moriyama-san, mas não num tom acusatório. — Ela estava com pneumonia.

Sentaro acha que deve dizer algo, mas nada sai de sua boca. Wakana-chan está petrificada ao seu lado.

— Fizemos a despedida dela entre nós. Queríamos que estivesse aqui, mas, como o seu local de trabalho havia mudado, achei que você tinha tido alguma razão para isso... bom, foi tudo muito de repente, então...

Sentaro balança a cabeça novamente.

— E a Yoshii-san... — Os lábios de Sentaro tremem tentando finalizar a frase. — A Yoshii-san...

Sentaro não consegue dizer nada além disso. Moriyama-san pressiona os dedos tortos no canto dos olhos. E, enquanto faz isso, responde à pergunta que Sentaro tentou fazer.

— Ela... está no ossário. Voltou para junto do marido.

— Entendi.

Murmurar foi o máximo que Sentaro pôde fazer. Não consegue se segurar mais e coloca o cotovelo na mesa, cobrindo o rosto. Wakana-chan, que está ao seu lado, cabisbaixa, sente a garganta entalar.

— Mas que bom que vieram. Acho que o sentimento da Toku-chan chegou até vocês. Poderiam, então, vir comigo até o quarto dela? Tudo bem?

Sentaro assente sem falar nada. Wakana-chan concorda com uma voz rouca.

28

Eles vão até o caminho onde ficam as casas e, após virarem uma esquina, Moriyama-san para de andar. Não é muito longe da loja. Neste local, há um espaço que parece um jardim, com grama em toda a área. A senhora adentra pelo caminho de pedras que há na entrada do espaço. Há uma placa na parede de uma das casas, na qual está escrito "Brisa verde".

Sentaro e Wakana-chan seguem a senhora e atravessam o jardim. Há quatro janelas uma do lado da outra, mas não dá para identificar se são quatro casas.

O quarto de Tokue fica no fundo. Moriyama-san abre a janela com caixilho de alumínio que está destrancada.

— Espero que não se importem de não entrarmos pela entrada principal. A gente sempre fazia assim.

Talvez eles usem esta parte como um corredor externo. No quarto, há um carpete azul, mas, na parte da entrada, o carpete está esbranquiçado por causa do desgaste. Perto da janela, está a familiar gaiola, mas Marvy não está lá. Percebendo isso, Sentaro olha para Wakana-chan, que observa a gaiola com os olhos lacrimejando.

— Por favor, entrem.

É um quarto com cerca de três metros e meio por dois metros e meio. No fundo, há uma cozinha e é possível ver a pia e a geladeira. O teto parece ser feito de resto de madeira. A parede de argamassa está amarelada em alguns cantos e, em outros, está escura. Há apenas uma cômoda, uma pequena mesa de chão, uma caixa de madeira compensada com livros enfileirados e uma pequena televisão. Sentaro só consegue ver isso, então se pergunta se a roupa de cama está dentro do *oshiire*.[1]

— A Yoshii-san faleceu aqui... então.

— Não. No final, ela estava no hospital. Mas nunca imaginamos que seria assim, tão de repente.

Os dois seguem Moriyama-san e tiram os sapatos para entrar no quarto de Tokue. A parte da cozinha é escura, mas o sol bate perto da janela. Em cima da caixa de madeira compensada há algumas fotos.

— Este é o marido da Toku-chan, o Yoshiaki-san.

A senhora se vira para a foto enquanto tenta pegar o incenso com as mãos tortas.

— A Yoshii-san era... bonita — diz Wakana-chan, com uma voz nasal.

Sentaro concorda em pensamento.

Todas as fotos são em preto e branco. Há uma imagem de Tokue com vinte e poucos anos. Ela está com um corte de cabelo que lembra os filmes antigos, mas seu rosto está radiante, nem parece que estava doente. Seu nariz é reto e seus olhos transparecem energia. Parece com a

1 Pequeno armário embutido muito comum em casas tradicionais do Japão. [N.T.]

garota que Sentaro viu em seu sonho. Ela está sorrindo para o homem ao seu lado. Ele também olha para Tokue, mostrando claramente a sua adoração pela jovem.

Como Tokue disse, seu marido parece ser muito mais velho do que ela. Notando o pescoço e os ombros, eles aparentam ser de uma pessoa fraca e delicada. Mas há uma diferença em relação ao que a senhora lhe contara. Segundo ela, seu marido era tão alto quanto um coqueiro. Mas, na foto, dá para ver que ele é um pouco mais alto que Tokue, parecendo ter a altura média de um japonês.

Mas é só um detalhe que ele reparou. Logo volta a atenção para outra coisa. Tokue parece tão jovial, e Sentaro sente uma grande pressão no peito pensando no martírio pelo que tiveram que passar.

Sentaro e Wakana-chan acendem os incensos e juntam as mãos em prece ao casal risonho das fotos.

— Se quiser, pode levar algumas coisas. Acho que ela ficaria feliz com isso.

No canto da cozinha, há um pequeno fogão com uma caixa de madeira ao lado. Dentro, está cheia de utensílios de confeitaria: o *sawari* e a espátula de madeira usadas para fazer a pasta de feijão doce, a peneira de seda usada para fazer *koshian*,[2] um *kote*[3] para marcar o *dorayaki*, uma forma de *yokan* e um cesto de cozimento a vapor para *dango*. Há também utensílios para fazer doces ocidentais: muitas tigelas de diversos tamanhos,

---

2 Pasta de feijão doce passada em uma peneira, o que a torna mais lisa e macia. [N.T.]

3 Espécie de molde em ferro que serve para marcar a massa do *dorayaki* com desenhos e/ou letras. [N.T.]

assadeiras de tortas, forma de bolo inglês, espátulas para confeitar e uma batedeira. Dentro de um saco de plástico, há até bicos para confeitar.

— Nós também queríamos ficar com algum desses itens como lembrança, mas já estamos com idade avançada. Podemos falecer amanhã...

Moriyama-san dá um pequeno sorriso.

— Por isso, senhor gerente, é melhor que alguém como você fique com eles. Tudo que está neste quarto será descartado no final do mês. Não vai sobrar nada.

Sentaro se senta ao lado da caixa de madeira e estica a mão para pegar os utensílios. Neste momento, uma palavra que Tokue havia dito no dia em que foi à confeitaria surge em sua mente.

"*Sempre fiz. Faço há cinquenta anos.*"

Sentaro se lembra claramente. Naquele dia, por um breve momento, Tokue se mostrou orgulhosa. Ele encosta o dedo nos utensílios de forma delicada.

— São antigos. — Sentaro entrega a espátula envelhecida para Moriyama-san. — Será que não seria melhor o grupo de confeitaria usar?

Moriyama-san balança a cabeça.

— Faz uns dez anos que encerramos as nossas atividades.

— Ah, é? Não sabia.

— A partir do momento que conseguimos sair deste lugar, nós podíamos comprar tudo que queríamos. Podíamos comprar bolo no supermercado, e aí não tivemos mais oportunidade de juntar o pessoal para cozinharmos doces juntos.

Sentaro balança a cabeça em silêncio.

— Toku-chan era sempre a pessoa que liderava, então, acho que ela ficou triste depois que isso aconteceu.

— Ela queria fazer doces.

— Sim, e... — Moriyama-san ia dizer algo, mas fica quieta.

Sentaro tira tudo que estava dentro da caixa. Pega alguns utensílios e os enrola em uma toalha.

— Muito obrigado, vou usá-los.

Não fazia ideia de quando ficaria de frente para uma chapa de ferro novamente, mas pensa em manter os utensílios como lembrança.

SENTARO VOLTA AO QUARTO e vê que Moriyama-san colocou uma lata de biscoito na mesa.

— É isto aqui. — Moriyama-san abre o pote, revelando um maço de cartas. — A Toku-chan me deixou estas cartas antes de ser levada para o hospital. Disse que queria pedir desculpas para você e que eu deveria entregá-las caso não voltasse.

Ela entrega as cartas a Sentaro, e ele e Wakana-chan se olham.

— Ela disse que ainda não tinha terminado de escrever.

Sentaro pega uma carta.

— Se puder, leia um pouco aqui. Acho que a Toku-chan levou um bom tempo para escrever.

Sentaro concorda e abre a carta. Em sua frente, está aquela letra escrita com muita delicadeza, mas com traços ondulados.

Senhor Sentaro Tsujii,

Acredito que o frio já vá estar mais ameno quando receber esta carta.

Pensei em parar de escrever cartas, pois parecia coisa de pessoa de idade ficar escrevendo assim. Mas eu estava ficando insegura, pois não sabia se veria o senhor e a Wakana-chan novamente por conta da gripe. Também queria me desculpar e lhe dizer uma coisa, então, resolvi lhe escrever.

Primeiro, gostaria de pedir desculpas. Eu havia prometido cuidar do Marvy-chan, mas eu o soltei há um bom tempo. Quanto mais ouvia os piados dele, mais tinha certeza de que ele me pedia para soltá-lo. Fiquei indecisa, pois lembrava do rosto da Wakana-chan, mas, para alguém como eu, que sofreu por ter ficado presa, não havia motivo para deixar um ser vivo com asas preso dentro de uma pequena gaiola.

Talvez ele fosse uma ave que precisava de alguém cuidando dele para poder sobreviver, mas, vendo o Marvy-chan olhando para o céu azul e pedindo para sair, não consegui me conter e acabei soltando. Por favor, diga a Wakana-chan que peço desculpas por isso.

Quando criança, eu não sonhava com o que queria ser quando crescesse. Afinal, estávamos em meio à guerra e acho que a incerteza de não saber até quando eu estaria viva era maior do que isso. Mas, ao contrair essa doença e descobrir que não poderia mais viver em sociedade, comecei a ter sonhos e isso me deixou aborrecida.

Primeiramente, como já disse, eu queria me tornar professora. Gosto de crianças e gosto de aprender. De fato, estudei na escola que ficava dentro do Tenshoen e, depois que me tornei adulta, acabei por dar aula para as crianças que eram pacientes aqui.

Mas, na verdade, o que eu queria mesmo era sair daqui. Queria voltar para a sociedade, trabalhar e ser útil ao mundo. Sempre tive esse desejo. Eu não podia sair mesmo que me curasse. Desejava tanto trabalhar, ser útil ao mundo, mas eu estava presa no Tenshoen e estava sendo alimentada pelos impostos pagos por outras pessoas.

Não sei quantas vezes desejei morrer. Eu pensava que quem era inútil para a sociedade não merecia viver. Acreditava que todo mundo nascia para ser útil ao mundo.

Não sei quando esse pensamento mudou. O que me lembro com clareza era de que estava andando na floresta do Tenshoen e observava a Lua cheia brilhando de forma estonteante. Eu já "ouvia" os murmúrios das árvores, insetos e pássaros nessa época. A Lua iluminava seu entorno com uma luz azulada, e as árvores se mexiam como se estivessem emitindo uma energia. Eu realmente estava sozinha olhando para a Lua naquele lugar da floresta. Pensei quão bonita era. Estava admirada e havia me esquecido que estava lutando contra essa doença incômoda e que estava presa dentro das cercas. Naquele momento, achei que tinha ouvido algo. Lembro de ter pensado que a Lua havia sussurrado algo para mim.

Queria que você reparasse em mim. Por isso eu estou brilhando tanto, disse a Lua.

Depois desse momento, tudo pareceu diferente. Se eu não existisse, a Lua cheia também não existiria. Também não haveria árvores nem vento. Se eu perdesse essa minha forma de enxergar o mundo, então, tudo que eu via desapareceria. Era isso que queria te contar.

Pensei em como seria se não houvesse seres humanos. Como seria se não existissem seres que fossem capazes de sentir? A resposta é que este mundo e toda a sua imensidão deixaria de existir.

Sei que o senhor vai achar isso um grande devaneio. Mas esse pensamento me mudou. Nós nascemos para ver e ouvir este mundo. É tudo que o mundo quer de nós. Sendo assim, mesmo que não tenha me tornado professora ou trabalhadora, há um motivo para eu ter nascido neste mundo.

Como me curei cedo, pude sair sem me preocupar tanto com as sequelas. Você me deixou trabalhar no Doraharu. Acho que tive muita sorte.

Mas havia crianças que faleciam após apenas dois anos. Quando isso acontecia, as pessoas se perguntavam por que elas haviam nascido. Agora eu entendo. Elas nasciam para poder sentir o céu, o vento, as palavras do seu próprio jeito. O mundo que essas crianças sentiram existe por causa disso, então houve sentido para elas nascerem.

E, da mesma forma, houve sentido para meu marido nascer, mesmo que ele tenha passado metade da vida acometido pela doença. Para alguém de fora, parecia que a vida dele se esvaiu de forma amarga, mas sua vida teve um sentido. Através dela, ele pôde sentir o céu e o vento.

Há momentos em que as pessoas vão pensar se têm um motivo para viver, sendo elas vítimas da hanseníase ou não.

E a resposta... eu percebo que, sim, todos temos motivo para viver.

Isso não quer dizer que o problema à sua frente foi resolvido, e ainda haverá momentos em que sentirá que a vida é uma sequência de sofrimentos.

Sabe, eu fiquei muito feliz. Ganhamos na justiça e a lei que nos prendia aqui foi revogada, então pudemos andar livremente no mundo. Afinal, lutamos juntos por isso por mais de uma década.

Mas essa alegria e o sofrimento eram lados opostos da mesma moeda.

Poder ir além da cerca de azevinho e andar na cidade. Poder andar de ônibus e trem. Se quiséssemos, podíamos até viajar. Isso com certeza nos alegrava. Nunca vou me esquecer como foi poder sair após cinquenta anos trancada. Tudo era brilhante, mas, ao andar um pouco, percebia que eu não conhecia mais ninguém e que não tinha mais uma família. Para onde fosse, eu era apenas uma pessoa perdida em um país desconhecido.

Acho que demorou demais para sermos libertos. Se isso tivesse acontecido vinte anos atrás, talvez eu pudesse ter construído uma vida no mundo de fora. Mas não havia mais nada a fazer quando nos disseram que podíamos sair, afinal, já estávamos com sessenta, setenta anos.

A alegria de andar fora. Quanto mais ficávamos felizes com isso, mais sofríamos ao lembrar do tempo perdido e da vida que perdemos. Será que o senhor entende esse sentimento? Todos que saem daqui voltam da rua com cara de cansados. E isso não é por causa do cansaço físico, mas por causa desse sofrimento que nunca vai cessar.

Por isso, entrei para a confeitaria. Preparava doces para que as pessoas que estavam cheias de lágrimas comessem. E isso me permitiu viver.

Senhor gerente. O senhor também tem um propósito de vida.

Acredito que tudo teve um significado, desde a época em que o senhor sofreu enclausurado até o encontro com o *dorayaki*. Você passou por todas essas situações e viverá uma vida do seu jeito. E, um dia, afirmará que essa é a sua vida. Mesmo não se tornando um escritor ou um confeiteiro de *dorayaki*, acredito que chegará um dia em que terá orgulho da vida que leva.

A primeira vez em que vi o senhor foi em um dia do meu passeio semanal. Eu estava andando enquanto admirava a cerejeira, senti o aroma doce e achei o Doraharu. Aí, vi o seu rosto.

Seus olhos eram muito tristes. Você estava com tal expressão que eu queria perguntar por que você estava sofrendo tanto. Foi isso o que vi: o mesmo olhar que eu tinha quando entendi que não poderia sair da cerca de azevinhos. Por isso, me senti atraída e, quando vi, estava de frente para a confeitaria.

> Naquele momento, me lembrei de algo. Se meu marido não tivesse sido forçado a fazer vasectomia e eu tivesse tido um filho, acho que ele teria mais ou menos a sua idade. Desde então, eu...

As letras da segunda metade da carta começam a ficar maiores e deformadas até o texto parar bruscamente, inacabado. Com a carta na mão, Sentaro fecha os olhos. Todos ficam em silêncio e algum tempo se passa.

Finalmente, Wakana-chan quebra o silêncio.

— Eu deveria ter vindo antes.

Sentaro levanta a cabeça e olha para a garota. Ela abre a bolsa que trouxe, tira um saco de papel com um laço vermelho de dentro e coloca-o na frente da foto de Tokue bem devagar.

— Já que trouxe um presente, por que não mostra para Tokue-chan? — sugere Moriyama-san.

A menina consente e abre o saco com os dedos trêmulos. É uma blusa branca.

Moriyama-san se senta perto de Wakana-chan, que cai em prantos.

— Com certeza, a Toku-chan está muito feliz. — Ela abre a blusa e mostra para a foto da amiga. — Olha que maravilhoso, Toku. A Wakana-chan trouxe de volta a blusa que sua mãe fez.

Moriyama-san coloca os dedos tortos no ombro de Wakana-chan, que está tremendo.

— Wakana-chan... — Moriyama-san não diz mais nada. Apenas acaricia o ombro dela.

— Wakana-chan — diz Sentaro, que também está chorando. — Muito obrigado por isso.

Os três esperaram um tempo. Ninguém diz nada até suas respirações voltarem ao normal.

SENTARO OLHA PARA O jardim. Agora, uma cor avermelhada se mistura na luz. Talvez o tempo tenha corrido mais depressa enquanto estavam chorando. O brilho não cessa e baila sobre a grama. Sentaro seca os olhos com os dedos e vê a gaiola vazia.

— Toku-chan não sabia como iria se desculpar — diz Moriyama-san.

— Ah, sobre o canário?

— Sim.

Moriyama-san se aproxima ainda sentada, usando os joelhos.

— Não sei se posso perguntar isso agora que deram a blusa para ela, mas... como era o nome dele? Ma...

— É Marvy — responde Wakana-chan, levantando a cabeça.

— Ela decidiu soltar o Marvy-chan sem os consultar, então não sabia como se desculpar por isso.

— Ela escreveu sobre isso na carta — diz Sentaro enquanto Wakana-chan balança a cabeça.

— Não tem problema. Marvy estava querendo voar.

— No começo, o Marvy-chan ficava aqui no jardim ou no telhado da casa da frente. Ele voava até aqui para comer a ração.

— O quê? — Wakana-chan estica o pescoço para frente. Sua bochecha ainda está molhada. — Ele voa, apesar de não ser muito bom nisso.

Moriyama-san inclina a cabeça.

— Acho que não. Ainda vejo o Marvy-chan pelos telhados de vez em quando.

— O Marvy está voando?

— O pessoal está dando ração para ele.

— Verdade? — Pela primeira vez depois de ter entrado no quarto, a expressão no rosto de Wakana-chan fica amena.

— Ah, que bom, então — diz Sentaro.

Wakana-chan balança a cabeça, concordando.

— Será que eu era superprotetora?

Moriyama-san dá uma pequena risada.

— Não sei se é adequado dizer algo assim de uma pessoa falecida, ainda mais de alguém que vocês gostavam, mas tenho certeza de que eu era uma boa amiga dela. Então acho que posso dizer o que quiser.

— O quê?

— A Toku-chan era sempre exagerada.

Os dois ficam perplexos.

— Quando ela me entregou a carta... — Moriyama-san olha para a carta que está ao lado da blusa. — Eu não tinha intenção de ler, mas, como ela estava fora do envelope, acabei lendo um pouco. Ela diz que o mundo é assim, assado... ela escreveu assim, não foi?

— Sim.

— Ah, eu sabia que ela faria isso de novo. Ela também falou bastante sobre “ouvir”, certo?

Sentaro confirma.

— Por favor, não é por mal. Quando a Toku-chan gostava de alguém, ela acabava falando aquilo sobre “ouvir” o *azuki*, que a Lua havia sussurrado para ela...

— Mas eu... estou muito grato por esta carta. Até pensei em entregá-la para Wakana-chan ler depois. Mesmo ela sendo exagerada, ela me salvou muitas vezes — responde Sentaro, como se quisesse rebater o que a senhora disse.

Wakana-chan segura o choro novamente.

— Vamos andar um pouco? — diz Moriyama-san, levantando-se e mantendo um sorriso no rosto. — Quero que cumprimentem a Toku-chan.

— Cumprimentá-la? — Os olhos lacrimejados de Wakana-chan se abrem.

29

O CÉU DO CREPÚSCULO SE estende. Um azul-claro converge em um vermelho-escuro. Tudo que se pode ver é ornado por esse brilho transfigurador. O ossário também recebe o sol do final da tarde na parte da frente e brilha como se fosse uma fonte de luz.

— A Toku-chan me convidou para entrar no grupo de confeitaria logo depois que falhei em tirar minha própria vida. — Enquanto anda, com a luz nas costas, Moriyama-san mostra a mão esquerda. — Cortei meu pulso, mas acho que não fiz direito e acabei sobrevivendo. Quando os sintomas da doença apareceram, sofri com uma dor atrás da outra. Meus dedos entortaram, um buraco se abriu na minha mão e meu rosto inchou para nunca mais voltar ao normal. Nódulos apareceram na cabeça, no rosto. Aí, eles infeccionaram. Para uma mulher, era... Eu não queria mais nada disso e cortei meu pulso.

Moriyama-san se vira de lado para encará-los enquanto anda em direção ao ossário.

— Era uma dor que alterava o nosso emocional. Como isso era frequente, muitas pessoas escolheram a morte. Eu também achei que tinha chegado ao meu limite. Mas acabei sobrevivendo. Estava angustiada, não conseguia viver nem morrer dentro destes muros. Aí, a Toku-chan me disse para fazermos doces para continuar vivendo. Talvez tenha sido por isso que ela gostou de mim. E foi aí que ela começou com essa história de "ouvir", de prestar atenção nas coisas. Histórias de como seria o vento de onde o *azuki* tinha vindo, o céu... que era para eu imaginar.

— Eu também acho que... bom, ela fazia uma pasta de feijão incrível, então, acredito que o que ela dizia era verdade.

— Ah, sim, claro — continua Moriyama-san. — Eu fiz como ela disse e prestei atenção. Me aproximei do *azuki*, e acho que me esforcei bastante para ouvir. Mas eu não ouvia nada dele. Como foi para o senhor? Conseguiu ouvir a voz do *azuki*?

Sentaro continua andando em silêncio por alguns momentos.

— Não — responde por fim, balançando a cabeça. — Mas acho que a ideia era tratar o *azuki* com esse sentimento.

— É isso mesmo. Mas, como ela vivia repetindo isso, acabei ficando de saco cheio. O pessoal começou a chamá-la de mentirosa. Teve uma ocasião que a Toku-chan ficou sozinha no grupo de confeitaria.

— Não sabia que isso tinha acontecido.

Isso era novidade para Sentaro.

— Naquela época, conversei com ela uma noite inteira. Perguntei por que ela dizia aquelas coisas. Aquilo estava deixando os outros confusos.

— E o que ela disse?

— Não quero desapontá-los, mas... a Toku-chan disse que não tem como ouvir a voz do *azuki*, mas que, se acreditássemos que era possível ouvir, um dia conseguiríamos. Ela disse que a única forma de sobrevivermos era nos tornando algo parecido com poetas. Se olhássemos apenas para a realidade, iríamos desejar a morte. Para sair da cerca, precisávamos viver com um coração que enxergasse além da cerca.

— A Yoshii-san era assim mesmo. Sinto que ela ultrapassou uma fronteira.

— Fronteira? — pergunta Wakana-chan.

A imagem da garota que lhe mostrou a conserva de pétalas embaixo da cerejeira vem à mente de Sentaro. Ele queria verbalizar isso, mas se contém. Aquele não era o momento para contar isso.

Os TRÊS CHEGAM À frente do ossário, e Moriyama-san junta as mãos em prece em direção à torre que está iluminada pelo pôr do sol. Sentaro e Wakana-chan fazem o mesmo. A senhora logo abaixa as mãos e começa a caminhar por um pequeno caminho que segue até a floresta.

Sentaro levanta o rosto, sem entender. Wakana-chan, também sem entender nada, fica a observando.

— É por aí, Moriyama-san?

— Sim, é por aqui.

— Mas a senhora disse que a Yoshii-san estava no ossário...

Como Moriyama-san os chama com a mão, os dois a seguem pelo pequeno caminho. É mais escuro do que a entrada do ossário, pois há árvores em ambos os lados. O céu ainda está avermelhado e brilha, mas a noite já havia chegado ali.

— Eu gostava da conversa da Toku-chan. Ela dizia que podíamos mudar as coisas como quiséssemos. Só de ela ter me dito isso, sinto que este caminho aqui pode me levar para um outro mundo. Mas a Toku-chan nunca foi mentirosa — diz Moriyama-san, andando lentamente.

— Com certeza.

— Sim, não era mentira.

Moriyama-san se vira e para de andar. Ali, em meio a carvalhos, pinheiros e arbustos, está ainda mais escuro. O céu, que pode ser visto entre as árvores, está vermelho.

— Acho que foi uma semana antes dela falecer. Estávamos tomando chocolate quente no meu quarto e a Toku-chan começou a dizer que tinha tido uma experiência misteriosa.

Wakana-chan se aproxima de Sentaro.

— Não se preocupe, não é uma história de dar medo. Essa história da Toku-chan... Ela disse que tinha ouvido uma voz pela primeira vez quando estava andando por esse caminho, mais ou menos neste horário.

— Era a voz de quem?

— Da árvore.

— Entendi — responde Sentaro, sem saber como reagir.

Wakana-chan não desgruda de Sentaro.

— Ela vivia dizendo para ouvir a voz do *azuki*, mas nesse dia ela finalmente ouviu, pela primeira vez, a voz de algo que não era humano.

— E o que a voz disse? — pergunta Wakana-chan, com a voz rouca.

— A Toku-chan me contou, dando risada, que... a árvore lhe disse que ela tinha se esforçado muito.

— A árvore disse isso?

— Sim, toda vez que ela andava por aqui, as árvores conversavam com ela. Diziam que ela havia se esforçado muito, que ela tinha conseguido terminar tudo. Foi a primeira vez que ouvi isso. Não consigo esquecer o rosto da Toku-chan quando me contou isso. Eu a conheço desde quando ela era jovem. Participei até da sua pequena festa de casamento. Foi a primeira vez que a vi tão feliz. Eu queria contar isso pois vocês ficaram próximos dela. Não acho que a Toku-chan teve uma vida da qual deveríamos ter pena. Ela não teve um final infeliz. Acredito que as árvores realmente falaram para ela "*Muito bem, Tokue Yoshii. Você se esforçou bastante*".

Moriyama-san estica a mão e aponta para toda a região.

— Quando um de nós falece, plantamos uma árvore.

Wakana-chan está grudada nas costas de Sentaro, que olha para as árvores ao redor. Cada uma delas é a prova de vida das pessoas que encerraram seus destinos.

— Já está escurecendo, mas esta é a árvore da Toku-chan. — Uma muda havia sido plantada em um monte de terra logo ali. — Conversamos entre nós e plantamos um *somei yoshino,* afinal, Toku-chan gostava de cerejeiras. Ela cresceu em Aichi, num lugar chamado Shinshiro. Dizem que as cerejeiras de lá são lindas. Ela vivia dizendo que queria ver as cerejeiras de novo. A árvore que está atrás dela é uma faia-japonesa que plantamos após o marido dela falecer.

Sentaro e Wakana-chan, que está atrás dele, observam as árvores sem dizer nada. Toda vez que venta, as folhas se tocam, e a floresta faz um som semelhante a um sussurro. Parece que dá para ouvir Tokue dizendo para prestar atenção ao som.

Sentaro se aproxima da muda. Junta as mãos em prece para a nova vida que ali cresce.

— Yoshii-san — diz Sentaro enquanto acaricia o galho da muda.

— Nossa — diz Moriyama-san, logo atrás dele, em tom de surpresa.

O homem se vira para onde ela está olhando. Do outro lado das árvores, há a silhueta da cerca de azevinho. Uma Lua cheia brilhante está flutuando como se tivesse nascido daquele lugar.

— Olha — diz Wakana-chan, com a voz trêmula.

Quando o vento agita as árvores, partes da Lua são escondidas. Mesmo assim, sua luz chega até eles.

— Dá para ver a Lua — sussurra Sentaro, voltando-se para a muda de cerejeira.

DURIAN SUKEGAWA

Nasceu em Tóquio em 1962. Poeta, escritor e palhaço. Formado em filosofia asiática pelo departamento de literatura da Universidade de Waseda. Formou-se no curso por correspondência da escola técnica de confeitaria japonesa. Foi redator de transmissões (TV e rádio) e, em 1990, criou a *Sociedade dos Poetas Gritantes*, na qual fez performances que misturavam a leitura de poesias e música punk rock. Essas apresentações eram bastante comentadas pelo público. De 1995 até 2000, tornou-se personalidade de um programa de rádio noturno, sendo muito popular entre estudantes do ensino fundamental e médio. Com o pseudônimo Tetsuya Akikawa, publicou *Mexicojin wa naze hagenaishi, shinanainoka?* pela Bunshun

Bunko, *Hana Dai* pela Bungeishunju, *Daikouun shokudo* pela PHP Kenkyujo e *Goethe no kotoba* pela Gentosha. Como Durian Sukegawa, publicou *Bakamon no papa to yomu roshi* pela Kadokawa SSC Shinsho, além de diversas outras obras. Atualmente, ele se apresenta como palhaço contador de histórias (arlequim) em vários locais. Também publicou *Rodoku Diet* pela Sayusha com base em suas experiências práticas.

Este livro foi impresso nas oficinas gráficas da Editora Vozes Ltda.,
Rua Frei Luís, 100 – Petrópolis, RJ.